我的召喚獸已經，
死了
樂山
Illustration
深遊
My summon Pandora.
But
Written by Rakuzan
Illustration: Miyuu

我的召喚獸已經，死了 My summon Pandora. But dead.

Contents

1. 召喚術師，對大天使垂死掙扎

我躺在瓦礫之中，仰望天空，天上只存在著美麗的事物。

虛空中，被好似將人吸入其中的深邃青色點綴，還有受到陽光照射，帶有強烈明暗對比的碎積雲，以及——一個大大張開六片白色羽翼的大天使。

老實說，我驚訝感動到差點無法呼吸。

這世上竟有如此超乎想像的「壯麗之美」，哪怕牠想要奪我性命，我都不禁為之感動。

眼前的事物太過有趣，讓我忍不住「哈哈哈」地笑了出來。

畢竟那大天使的存在感實在驚人。

牠分明浮在高空——幾乎都快碰到天上的碎積雲了，尺寸卻和雲層沒有太大差異，依我估計，八成輕鬆超過了十個壯漢疊起來的高度。

大天使戴了一張遮住眼睛的銀假面，牠那頭及腰的金色長髮，被西風吹拂飄逸著。

至於身上的裝甲，只能說是十分輕便，除了手腕和膝蓋以下被銀色裝甲牢牢覆蓋住，其餘部分則穿得相當單薄，展現出誘人的女性輪廓。

牠的雙肩完全露出，華美護胸幾乎只有遮住乳房，在性感下腹的更下方，只有一塊圍裙般的布遮住股間，顯得格外煽情……小小的腰甲只有守住大天使的腰側面，而大天使的尾椎附近，則有一片純白的寬幅長布，如尾巴般垂下，隨風飄盪。

聽說這世上有許多男性戀慕天使。

畢竟牠長得和人類神似，外觀又如此洗練、崇高，大多數人會醉心於天使，也是理所當然。

當然，我也不討厭，即使是剛才吃了牠一記即死級的攻擊。

「嘎——喝啊!!」

我使盡吃奶的力氣將瓦礫推開，同時一口氣抬起上半身，為了取回剛才看天使看到入迷所丟失的緊張感，我用力拍了拍雙頰。

「喂——你們兩個!!還活著嗎!?」

我輕輕咳嗽，並呼喊道。

「可惡，那女人真是有夠亂來，根本是想殺了我們。」

我站起身來，拍打如聖職者法衣的魔術師長袍，將上頭灰塵拍去。

此時——身旁的瓦礫忽然噴起，從中出現了一名褐色肌膚的高大美男子。

「事情會變這樣，還不都是因為你踩到老虎尾巴，費爾。」

說完，他便把綁成麻花辮的金髮瀏海往上抓，接著將手伸向剛才埋了自己的瓦礫堆說：「米菲拉，妳沒事吧？有沒有受傷？」並把一位穿著寬鬆魔術師服，看起來根本不像十六歲的嬌小少女拉起。

「想用史萊姆融掉薩沙的衣服，藉此封鎖她行動，這種蠢計畫哪有可能會成功。」

西里爾・奧茲隆。

召喚術師養成學校——通稱・學院，他是就讀學院的一年級學生。

也是我「學位戰」的小隊成員之一，他有著輪廓深邃的臉蛋，如寶石般的青色眼瞳，是個深受學院女生愛慕的美型男。他的褐色身軀幾經鍛鍊，個頭比我還高上半顆頭，單論運動神經，他肯定是學院名列前茅。

或許有人會笑他「男人綁什麼麻花辮」，不過世上的多數女性，肯定都會說西里爾綁起麻花辮很可愛，他的外貌就是如此出眾。

畢竟人家可是大貴族奧茲隆家的嫡長子，氣質、精練、榮耀這幾個詞，就像是為了這個男人而存在，更別提他除了資質過人外，還努力不懈。

另外他的性格也相當沉著冷靜，根本看不出才剛滿十六歲。

況且他明明和我一樣是個「召喚術師」，劍術和槍術卻十分了得，不愧是出自於軍人世家。他今天還在學院指定的魔術師服底下，穿上貴族風的立領軍服，而他的腰上掛了個巨大的空劍鞘。

「真是的，誰叫費爾臨時想出這種歪主意。」

西里爾撿起自己落在腳邊的大劍說：「天使一擊就把我的召喚獸打倒，光活著就已經是奇蹟了。」他將劍深深插進地面，然後用空出來的雙手，將身旁嬌小少女衣服上的沙子拍落。

「菲拉妳先等等，女孩子不該滿身沙子還動來動去的。」

這說詞簡直就像過度保護的爸爸。

「米菲拉，這種小事自己做行不行啊。」我苦笑說道。

「費爾跟米菲拉都好歹注意一下外觀吧，學院可是允許外人觀戰，將儀容梳妝整齊，也是學生的本分之一。」

西里爾一邊說，一邊梳整起嬌小少女的頭髮。接著他朝著在我們身旁飛來飛去的「長了翅膀的圓鏡」，展露出溫柔的笑容，並揮了揮手。

圓鏡映出的景色，會連接到近千觀眾盯著的大螢幕上。

想必學院的多功能廳裡，一定擠滿特地跑來看西里爾比賽的女性，她們見到這畫面八成會尖叫甚至昏倒。

……只不過在學院廣大後庭戰鬥的我們，是真的差點掛掉就是了……

「公主殿下，完全不覺得害羞呢。」

嬌小少女對著我如此嘟囔的同時，她的頭頂附近忽然有一團呆毛彈起。不論西里爾如何梳整，都無法敵過她天生強烈的呆毛體質，所以米菲拉總是頂著一頭亂翹的頭髮。

米菲拉，她不願意報上自己的姓氏，所以我們都直呼她的名字。

瘦小的她即使穿上最小尺寸的魔術師服，也只能拖著下襬走路，因此她走在市場上，看起來就像個出門跑腿的十歲小孩。

話雖如此，在這學院米菲拉卻是無人不知。

畢竟她是在入學前，就成功解讀「大奇書奧托匹格拉姆」的大天才。

她同時也被周遭視為怪人，只因她深愛著，被死與命運的觀測者──「死精靈」所棲息的亡骸。

米菲拉的說話語調缺乏抑揚頓挫，加上呆毛瀏海遮住一半的臉，使得沒多少男性察覺米菲拉的魅力……但只要細細觀察個頭矮小、必須抬頭看人的她，就能發現她是個帶有金色瞳孔的超絕美少女。

「是啊，我明明覺得這法子應該管用。」

我粗魯地摸了摸米菲拉的頭，並望向周遭一帶，看起來跟數十秒前的景色差得可真多，讓我不禁發出夾雜苦笑的嘆息。

大天使施放的光之槍威力之大，使得這一帶的大地整個掀了起來。

原本處處隱藏著岩石的遼闊草原，如今化作荒地，大地被擊碎，連同底下地層劇烈隆起，這景象就好比是世界末日一般。

真虧我們能全體生還。

只要走錯一步，我們說不定就被粉碎的岩石壓死，又或者落入地面裂縫。

將草原破壞成如此景象的，正是我同學——「薩沙・席德・祖爾塔尼亞」……

老實說，我跟她相比之下，做為召喚術師的實力，有如天差地別，那差異大到如何掙扎都無法彌補……

正當我分神思考這些事情時。

「影盾（Shadow shield）。」

米菲拉的食指伸向天空發出光芒，那道紫光，如日落時分的天空般美麗，光芒沒有馬上消逝，而是隨著米菲拉指尖的軌跡殘留在空中。

米菲拉一筆畫完簡易魔法陣後，我接貼地面的影子驟然浮起——做為盾牌擋下從死角襲來的雷擊。

我見到雷擊在我眼前被彈開才回神。

「可惡！剛才完全看走神了！」

我咂嘴說道，並趕緊奔跑。

「這群死腦筋的傢伙！根本不給我們喘息的機會！」

我越過堆起的岩石、裂開的大地，不顧一切全力奔馳逃跑。

抬頭一看，天空中有兩匹張開巨大雙翼的天馬，我猜騎在上頭的，應該是薩沙．席德．祖爾塔尼亞的兩名女召喚師隊友。而那兩名美貌的女召喚師，肯定正準備施放下一發電擊魔法，這麼理所當然的事，就算不用看也能猜到。

——

來了。當我這麼想的瞬間，好幾道落雷擊落在我正後方。

西里爾抱著米菲拉奔跑，並放聲怒道。

「薩沙的隊友，正是最崇拜她的人！還不是你用什麼史萊姆捉弄她，她們才會整個氣炸！」

「我可不記得有捉弄過她！這不過是見解的差異，誰要因為這種事被殺死！」

剛說完，又一道雷擊打過來。

我和西里爾心知肚明，被打到就算不死也會被電暈，加上一放慢速度絕對會被打中，只好不顧形象四處逃竄。

「給我站住，費爾．弗納夫！」

「你膽敢做出如此下流的勾當！你就沒有自尊嗎！」

上空傳來女性的怒號，我昂首對著天空大喊：

「妳們白痴喔！幹麼不怪薩沙動作太慢，才會被彈起的史萊姆黏住！」

當我說完，瞄準我們的電擊魔法增加了數倍，準頭也不如方才。不——我錯了，她們用雷擊亂轟一通，存心是為了要蹂躪我們。

我用最高速度，跳過瓦礫所堆起的小山。「竟然一派輕鬆地耍我們……！」在這九死一生的狀況下，我不知為何感到有趣，於是笑問西里爾和米菲拉。

「好了，接下來呢!?要幹麼!?還能做什麼!?你們還有什麼主意!?」

西里爾用不輸給雷鳴聲的音量回話，甚至連飛沫也一併噴了過來。

「你還沒放棄喔!?我們三人面對薩沙能活到現在，已經很不錯了！我看還是在受重傷前早早投降！」

我也不甘示弱大聲回覆。

「開什麼玩笑！剛才那一擊，對方因為發動『不可防禦攻擊』吃了警告！再一次警告就算犯規敗北！這分明就是大好機會！」

我指向位於遙遠上空，浮在碎積雲下方的大天使。一隻有著鷹頭獅身的怪物——獅鷲獸飛了過去，騎在獅鷲獸上身穿魔術師服的男子，看似像在對大天使告誡。

西里爾快速確認了我指向的天空，隨後，他的俊臉因驚訝而扭曲。

「你是認真想戰勝薩沙喔!?」

「那當然！心裡只想著輸是要怎麼戰鬥！我哪次不是這樣！」

「我可是第一次見到薩沙生氣耶!?」

「既然是第一次生氣，那也有可能因此變弱啊！又不是所有人都一生氣就會變強！」

我們被雷擊驟雨追趕，全力奔馳了一分鐘以上。

或許是因為血液優先流向肌肉，使得腦袋轉不過來，我試著敲敲側腦，看看能不能想出反擊的好點子。

先不管什麼點子了，肺部好痛，好想要氧氣。

在我死命掙扎的這個瞬間，米菲拉靜靜地說道：「費爾，用那個。」

「那個？」

腦部缺氧的我，一時之間無法理解米菲拉所下的指示……過了三秒，我才終於咧嘴笑答：「合體召喚嗎？」

我用靴子後跟踏地緊急煞車。

在完全停下來前，我已轉身單膝跪地，集中精神在指尖，食指和中指頓時發出藍光——我用那道光在地面畫出魔法陣。

兩秒，法陣便畫完。

「大地隆起（Land rising）!!」

圓形內部配置兩個四角形的魔法陣完成的同時，我奮力詠唱咒文。

「費爾・弗納夫！」

「竟敢耍小聰明！」

下個瞬間，我所觸及的地面飛出一支巨大石柱，石柱成為厚重的護壁，擋下從兩匹天馬那裡射來的雷擊。

在空中疾馳的天馬來不及停下，只好高速從上方鑽過石柱。看那個勢頭，想調頭飛向我們，還需要一點時間。

就是趁現在。

我從魔術師服的內袋裡，取出小本的皮革書，並詠唱起不可思議的詩詞。

「於黑夜蠢動之徒、地下築巢之魂。以無數眼瞳捕捉暗風，終將吞噬瓦奴加之巨森。古花盛開，現在，汝等自漫長歷史迎來繁榮興盛之時。」

我看向西里爾手中的米菲拉——她也和我一樣，打開了相似的書本詠唱道：

「出於淚神庫羅加的寂靜之子。巨人倒於月夜盡頭，亡骸等待黎明。亡骸於冰冷早晨，披上外套抵禦靜謐之風。現在，汝之沉默將迎來終結之時。」

西里爾慌張地喊道：

「慢著慢著慢著慢著！」

他抱著米菲拉跑向我這，神情緊張地說：

「你們倆先等等！合體召喚，不就是你們之前試的那個嗎!?這招可是禁忌啊!?」

「還禁忌咧？我又沒有違反任何規定，這只是在召喚上加點創意罷了。」我無視西里爾的制止，直忙著翻頁，試圖找出剛才到底背誦到哪。

決勝之時還考慮這些有的沒的幹麼——想到這我不禁苦笑。

「這麼做肯定會被罵啦!?」

「怕什麼，既然要打，就要打得轟轟烈烈的！」

我和米菲拉，同時將手持的皮革書闔上。

隨後，巨大的青色魔法陣從我身後浮現，而西里爾抱著的米菲拉，她所創造的巨大紫色魔法陣，則是覆蓋在地面。

「我要讓薩沙．席德．祖爾塔尼亞嚇到發出尖叫。」

我奸笑說完——嘎啷一聲，發出如玻璃碎裂的巨響。

而聲音出處，就是我頭頂的虛空，一隻巨大手腕從中伸了出來，那是隻粗壯、帶有青白色的巨人之手。

那隻手突破了「世界的境界面」，突然出現在我們的世界，往境界面另一側窺看，還能見到星光閃爍的夜色。

最終不只是手腕，一個能輕鬆俯視兩層建築的巨人，打破境界出現。

那個巨人，披著一頭棕色長髮，全身只有一塊腰布，纏在牠肥滿的肚皮上。

看到牠的第一印象，不是雄壯威武，而是感到毛骨悚然，這或許是因為牠的巨體上，並沒有寄宿著生命。

牠的雙眸虛無，長舌從半開的口中垂下，青色肌膚毫無血色。

這大到能和龍互毆的巨軀，之所以能活動，並不是憑藉巨人自己的意識，而是居住在這個冰冷肉身的「死精靈」。

這種喜愛死臭，能操控屍體腐敗的獨特精靈，乃是次於火、水、土、風四精靈的強大存在，眾人將牠們尊為「死神庫羅加」的使者，信仰者也不在少數。

而米菲拉所召喚的，是能夠寄宿在遠古巨人亡骸上的死精靈。

她究竟……是召喚了哪個時代的怪物呢？

即使死精靈能控制腐敗，但我們的「人類時代」中，並不存在著巨人的屍體，若說那隻巨人，原本存在於遠古的「諸神時代」，那也未免太沒威嚴了。

因此那個怪物，大概是出自於「諸神時代」和「人類時代」中間的「精靈與野獸的時代」。

在眾神決意隱遁，精靈與獸群讚頌世界之廣大的時代裡，存在著與眾神交戰的偉大種族——巨人，其最後一個世代。

就召喚難易度而論，應該是居上偏下吧。

即便只是末裔，死精靈原本就鮮少會呼應召喚，而要召喚出巨人亡骸的難度，更是高上好幾級。

而天才米菲拉，卻輕易地將牠召喚出來。

當巨人屍體在米菲拉面前跪下，她便說：「西里爾可以了，我自己站著就好。」接著鑽出西里爾的手腕，踏上巨人伸出的右手上。

「米菲拉，我也要騎，讓我上去。」

我跟隨她踏上巨人手掌。

巨人屍體站起身來、挺直腰桿，此時我的眼底所見到的，是平時二、三倍高的景色，即使扣除風吹，腳下也相當不穩定，叫人汗毛直立。

「我可不管喔。」

腳下聽到有人碎念，我望去一看，西里爾正面露難色。

我故意咧嘴笑著對他說。

「我來製造破綻，期待你的致勝一擊啊，大英雄。」

他聽了卻憤怒回道：「我可真的不管啊！」

……話雖如此，西里爾這人就是重情義，他即使是生氣了，該出手的時候就會出手。要是他沒出手那我才傷腦筋，倘若我們想取勝，那就絕對需要仰賴西里爾・奧茲隆的攻擊力。

巨人將手送到右肩處，米菲拉一躍站上牠的右肩。

而我則站在巨人的左肩，我緊緊握住巨人的一撮長髮當作救生索，接著指向天空的大天使高聲笑道。

「哇——哈哈!!放馬過來吧大天使！」

米菲拉見狀，也跟著我指向天空喊「大天使——」。

一般而言，我們的嘲諷不可能會傳到如此高空。只不過與我們對峙的，是在神話裡受萬人歌頌的大天使，哪怕是多小的祈禱，牠的耳朵都不可能遺漏。當然，對大天使本身的不敬，也肯定會收入牠的耳中。

大天使的六片翅膀連動都沒動，牠便緩緩地降了下來。

背對太陽的牠，實在是太過耀眼。

此時我只希望，飄來一片白雲將陽光遮住。

最終大天使靜止在絕妙的高度…………目測牠大概有巨人五倍大，強烈的西風吹拂著牠的金髮，牠隔著遮覆視線的假面看著我們。

「哈哈，竟然高高在上地俯瞰我們。」

我以藐視的態度笑說，接著望向大天使的心窩附近。

大天使的雙手並沒有握劍或是盾，而是捧著一位表情冷漠的美貌少女。少女的髮色，比大天使的金髮還要淡些，那頭白金色的長髮，在風中飄揚。

她有著讓人忍不住想觸摸的端正鼻梁，鮮豔桃紅色的水嫩脣瓣，以及白皙的肌膚。

而最值得一提的……就是她那極富魅力的紫色雙眸。

雖說紫色眼瞳並沒有多罕見，但那大小跟形狀堪稱完美。不僅如此，她還有著美麗的雙眼皮、修長睫毛，以及清晰的臥蠶眼，加上微微下垂的眼尾，使得她的眼神帶給人神祕及溫柔的印象。

相信不論地獄的惡魔，或是天上眾神，只要看到她的眼睛，都會墜入情網。

神話中，「愛與策略之神帕拉」，曾用她的眼神令狂怒魔獸沉靜下來，若要在當今時代做出相同的事，那肯定只有她的雙眸能達成。

薩沙・席德・祖爾塔尼亞。

沒人不知曉這個名字，別說是在這個學院，就算是遠遠隔了四座山的地方也是如此。

畢竟她可是劃分世界的八大王國之一——「席德王國」的第三王女。

她可是真真正正的公主，是會在王宮露臺向底下百姓揮手的少女。

「真是……就不能稍微害羞一點嗎？我不過是想給觀眾一點福利，才好不容易用史萊姆打到妳……真叫人傷心。」

薩沙身穿的魔術師服處處開了大洞，成了勉強藏住胸部和腰際的破布，即使如此，她仍落落大方地屹立著。

美麗的半裸王女殿下，之所以會站在大天使手上，當然是大天使的召喚者——薩沙所下的命令。

不論召喚獸是多麼高等的存在，當牠呼應召喚術師的召喚時，兩者便是一心同體。雙方的靈魂將牢牢地連結在一起，一定程度上，甚至連身體感覺、喜怒哀樂都能共享。

換言之，所謂的召喚獸，就是我們召喚術師的分身。

正因為如此。

「費爾．弗納夫，你沒有絲毫勝算，乖乖投降吧。」

大天使將薩沙所說的話，原原本本地還原，這其實是再尋常不過的事。

大天使的聲音沒被風聲掩蓋……那道清澈美麗的聲音，猶如天啟、雨滴一般，自天空落下。

即使如此，我仍仰望天上「呼哈哈！哈哈哈哈！」地笑出聲來。

「不好意思啊！我可沒老實到別人勸我認輸時，還會選擇乖乖投降！」

我一邊用力大喊，一邊在空中畫出魔法陣。

「炎彈（Flame bullet）！」

當簡短的咒文唱完，魔法陣裡便飛出了大量的火光，光是其中一道火焰，就足以將一個人燃燒殆盡。而從法陣飛出的業火，總計有三百道以上，每一道都以凌駕於軍用弓箭的速度，飛向大天使。

「薩沙大人！」

「我來保護您！光盾！」

此時，巨大光盾阻擋在我的火焰魔法前——大天使腳下飛來兩匹天馬，跨坐在馬背上的女召喚術師，施展了光盾保護大天使。

「她們的技術還是那麼好！真叫人火大！米菲拉，防禦交給妳了！」

「瞭解，菲爾就努力到昏倒為止吧。」

之後——我和騎著天馬的女召喚師，展開一場執意而行的魔法戰。

深紅的火焰槍、紫色雷擊、青色洪流、無機質的岩石彈、附上淡綠色彩的風刃。

我不斷施放著所有能想到的攻擊魔法，而天馬上的兩個女召喚師，一面張開光之大盾，一面射出富含破壞力的光線反擊。

「該死的，竟然用業罰光（Karma light）這種要命的魔法——」

米菲拉高喊「冰盾（Ice shield）——」擋下直射向我們的攻擊，但偏離巨人屍體的光線，卻插進地面爆炸。

「可惡！存心整我們——」

被魔法衝擊高高揚起的土，直接噴灑在我們頭上，我仍將精神集中在指尖，發出青色的魔力光，死命畫著魔法陣。

突然——一陣刺痛竄過我的太陽穴，距離魔力徹底用盡應該還早，畢竟我的魔力量在召喚術師裡算是平均以上，在學院裡也有中上程度。

就算胡亂施展魔法，也不會馬上累倒。

「怎麼啦——薩沙！妳就只會在一旁觀戰嗎，妳這王女還真悠哉啊！」

我對著薩沙翻白眼吐舌說道。她依然待在受大量魔法攻擊，仍屹立不搖的光盾後——靜靜地看著我們互射魔法。

或許是被我全力扮出的鬼臉弄得惱火，只見天使終於展翅。

「怎麼可能，費爾・弗納夫。我只是覺得，需要給你們一些表現的機會，既然你這麼想要結束這場比賽，我就如你所願。」

大天使冷冷說道，隨後兩匹天馬將路讓開，讓大天使前進。

下個瞬間，光之盾消失，我所施放的火焰魔法，直接命中慢慢降下的大天使……只可惜人類所施展的魔法，對神話中出現的存在，完全起不了作用。

火焰漩渦撞向天使的下腹部中央，結果只是化作白煙。

「這具巨人屍體就是你們的殺手鐧？又或者，你們還有什麼小手段沒使出來？」

「哼！我們可是想跟天使大人互毆才叫出這大傢伙！就陪我們玩玩吧！」

「……你說互毆是吧，不過是巨人的小小末裔，就憑牠那不到塞西莉亞一半大的身軀，虧你還敢口出狂言。」

「呼哈哈哈！妳說得沒錯！不過，別以為個子高打架就會贏啊！」

「……俗話說越弱的狗叫得越大聲，原來是這麼回事。費爾・弗納夫，既然你想淪為喪家犬，好吧，我現在就把你踏斷。」

就在我想著「踏斷」是什麼意思的瞬間，視線忽然一片漆黑，發生什麼事？我抬頭一看。

才發現大天使——正位於我、米菲拉和巨人屍體正上方。

大天使的龐大身軀，以及張開的六片白翼，將太陽光遮蓋了。

牠的速度，超越了人類的意識。

大天使被銀色裝甲包覆的右腳腳踵，冒出了光之劍身，當下我能做到的，只有眼睜睜地看著光之劍刺入巨人頭頂。

大天使降落地面，巨人的屍體也被斬成兩段。

如今巨人的屍體無法站立，即使我握住牠的長髮，也只會被牽扯進去，跟著屍體一併倒下。周遭的景色流動，突然變得緩慢。

我在低速的世界裡，看到站在大天使心窩的薩沙，用著一如往常的冷豔面容俯視我。

而我，以食指用力指向她，並如此喊道。

「薩沙，妳中計啦——!!」

隨後——薩沙和大天使的身體，被巨人屍體中溢出的黑雲所覆蓋。

黑雲的真面目，是我召喚出來，為數高達數十萬的「羽蟲·甲蟲群」。

這就是合體召喚的真相。我讓召喚出的蟲群，潛伏在米菲拉召喚獸的體內，當屍體被打倒時，會反讓敵人身上爬滿蟲子的奇襲戰法。

「噠——哈哈哈!!身上爬滿蟲子很難受吧!!知道厲害了吧，薩沙——！」

就在我險些落在堅硬地面的瞬間，被斬斷成兩半的巨人屍體突然動了起來，把手伸向我和地面之間，將我接住。

即使屍體有所破損，並不代表死精靈被打倒了，米菲拉的召喚獸，即使被撕成碎片，依然能夠動彈。這是她的恐怖之處，也是她最可靠的地方。

就在我從巨大手掌滾落的瞬間——巨人被截成兩半的屍體裡，冒出了大量臟器，臟器在地面高速竄爬，並纏住了大天使的雙腳。

而大天使的上半身，被數十萬的黑色蟲子覆蓋。

戴著假面的臉、豐滿的胸部、結實的腹部，甚至連位於心窩附近的薩沙，都被成群的蟲子所淹沒。

黑色的物體不斷蠢動，伴隨著大量的振翅聲，以及外骨骼的碰撞聲。

下個瞬間——肉食獸的咆哮聲響起。

名為「劍虎王澤魯格」的巨獸奮力跳起，撲向大天使。

這隻四足獸，足足有一般老虎獅子的四倍大，雖然和米菲拉召喚的巨人屍體相比，個頭不算太高，卻有著整體尺寸大上一輪的異常身軀，而且還蘊藏了屍體無法匹敵的強大力量。

牠長了一身灰毛，除了以頭部為中心，在全身各處都長了劍一般的銳角外，跟我所知的老虎相去不遠，另外牠粗大的前腳上，有著極其鋒利的利爪。

西里爾說道。

「費爾，這樣總行了吧!!」

身穿軍服的美男子，用手抓著澤魯格的體毛，並騎在牠的脖子上，接著單手舉起大劍。

一剎那——大劍和獸爪同時揮下。

即使是大天使，在視覺被阻礙的狀況下，也無法防住西里爾和澤魯格的一擊。

就當我嘴角揚起，心想著得勝的瞬間——天使全身冒出了純白色的火焰，將我的蟲群瞬間消滅，而纏住雙腳的巨人屍體也化作灰燼。

就在我啞口無言時，澤魯格的爪子也被彈開。

澤魯格的利爪，就連龍都能輕鬆打倒，而接下巨獸之爪的，是純白火焰所形成的長劍……本來站在大天使雙手的薩沙消失，而長劍握在大天使的右手。

大天使用左手，將臉部的銀假面取下。

對著我、米菲拉，騎在澤魯格身上的西里爾說。

「謝謝你們，這個餘興還挺有趣的。」

薩沙的美貌，完完全全地還原在大天使的臉上。

我們三人，痴痴地看著眼前所見嘟囔。

「『表裡合一』……」

「雖然早有聽說薩沙會這個，但沒想到是跟大天使表裡合一……」

「實在讓人不爽，打從一開始，我們就沒有勝算是吧。」

與自己的召喚獸身心合一，完全融合成一體，被稱為「表裡合一」。

是身為召喚術師的終極奧義。

在這時代，能做到「表裡合一」的召喚術師，放眼全世界也沒幾個人，就算估計得多一點，也絕對在三十人以內。

「呼，真是宜人的風。」

有著薩沙面容的大天使強而有力地振翅，捲起的風將純白火焰彈飛。

強風將我們的魔術師服吹得飄揚起來——但我們所有人，仍站穩腳步屹立在原地。我和米菲拉因召喚獸被擊倒，使得一陣疼痛襲向我們倆的心臟，我們只能緊緊揪住魔術師服的衣襟，強忍劇痛。

「好了，費爾．弗納夫。」大天使——薩沙把能將城堡斬成兩半的長劍刺入地面，並將極其冷漠的眼神投落在我身上說。

「你要投降嗎？」

我一語不發，瞪向薩沙的美麗臉龐，奇襲失敗的懊悔，以及召喚獸被打倒產生的胸痛，令我只能按著胸口，咬牙切齒地發出「呿……」的咂嘴聲。

遠處，敲響了比賽結束的鐘聲。

擔任裁判守望比賽的老師們認為，繼續打下去也沒意義，換言之——他們認定費爾・弗納夫等人毫無勝算。

2. 召喚術師，在食堂被人纏上

「你們三位，真是場不錯的比賽。」

「哦，面對薩沙公主還能死撐活到最後，這可非同小可啊。」

「尤其是最後——最後那招！我還以為你們說不定真的能打贏呢！」

學院的食堂採用挑高結構，乍看之下，大到讓人誤以為是大聖堂。長方形寬敞空間裡，整齊排列著厚重長桌，而椅子數量，估計不下三百。這裡能讓學院全體學生集合，入學儀式和畢業典禮都是在這食堂舉行。

「嗯啊？」

我們在名為「聖瑪麗安娜，疼惜幼龍」的壁畫前吃飯。來向我們搭話的，正是學院一年級生中實力名列前茅的三人組。

這三個人，都端正穿著繡有學院紋章的黑色魔術師服。

正切著厚實肉排的西里爾，頓時停下手上的刀。「真令人驚訝——」他拿起桌上的紙巾擦嘴。

接著向帶頭的棕髮少女，送上他一如往常的貴公子笑容。

「真是光榮，露露亞，想不到妳們這樣的強隊，居然會來看我們的比賽。」

我和米菲拉只看了她們一眼，便把與來訪者的對話工作交給西里爾，繼續將眼前的料理塞進嘴裡。

現在才剛過下午三點，我的肚子已經餓壞了。

「當然會看，哪有不看的道理，你們的比賽總是令人嘖嘖稱奇，根本不知道會發生什麼事，非常值得參考——不過今天的比賽，更是嘆為觀止。」

「畢竟隊長這次可是拚上全力耍小手段。」

「啊哈哈哈♪確實是，除了不停瞄準公主的衣服外，還利用巨人出其不意。不過，面對公主還能站著撐過一個小時的，你們還是第一批人呢，這應該非常值得自豪吧。」

「是嗎？有些沒同情心的傢伙，還笑我們露出醜態整整一個小時。」

「是嗎？如果那樣叫醜態，我看在這學院，應該沒有隊伍能夠勝過公主了。噯，你說對不對？你也這麼想吧？費爾．弗納夫。」

露露亞突然向我搭話，我繼續吃飯，並回說：「我哪知，我們不過是用自己的方式戰鬥罷了。」

「丟不丟臉這種事，全看大家自己怎麼想就行了。」

話一說完，棕髮少女身旁的高大短髮男生，便拍打我的背說道。

「費爾閣下說的話就是不同！不愧是已經十八歲的人，該說薑還是老的辣嗎？」

「等等——高、高爾同學，這跟年齡沒有關係吧……」

「哦，我失言了，真是抱歉，費爾閣下。」

「沒關係啦，我不在意。反正我晚了兩年才進學院是事實。」

或許是為了緩和現場氣氛，米菲拉一面可愛地啜飲用料豐富的燉牛肉湯，一面嘟囔：

「靜不下來這點倒是沒個大人樣。」

無言以對的我只能聳聳肩，而西里爾也大嘆一口氣說：「是啊，大概有同學的三倍吵。」棕髮少女三人站著面面相覷，只能苦笑。

棕髮少女再次露出微笑看向我們。

「今天已經沒有課了，你們還要繼續吃吧？我請你們一杯。」

「可以嗎？」

「當然，就當作是讓我們答謝，知道自己還有成長空間。」

「哈哈哈，學年第二名的露露亞要是繼續成長下去，我們可就傷腦筋了——那麼，我就不客氣了，能請我一杯紅酒嗎？」

西里爾用指尖，滑過紅酒杯杯口。

杯中的鮮紅色葡萄酒，只剩下一口的分量——棕髮少女也許是看到了，才會起意請客。

「品牌呢？」

「約兒島的紅酒。」

「哎呀，奧茲隆家的少爺，竟然愛好這種經濟實惠的紅酒。」

「我不會用價格來評論味道，即使是被人揶揄是賣給廉價酒館的酒，也是很美味。」

米菲拉雙手將空杯遞上說道。

「柳橙汁。」

接著棕髮少女，看著用叉子戳著盤中炒青菜的我說道。

「費爾．弗納夫呢？」

我故意低頭，避開棕髮少女的眼神回答。

「我就不必了，水還有剩。」

為了含糊拒絕人家好意的尷尬，我將一大口炒青菜塞入嘴裡。

「不必客氣啊，費爾閣下！你平時老是喝水，這不正是難得能品嘗美酒的大好機會嗎!?」

「高爾同學！為什麼你說話就是不懂得體貼別人!?」

棕髮少女的隊友，忽然說出如此失禮的話。

不過西里爾卻是對我——「費爾」提出怨言。

「我知道你『討厭被請客』，但在這時候，接受同學好意才符合禮節啊。」

「……我知道啦。不過，我說真的，我喝水就好了。」

我知道，這次錯在我太倔強。

棕髮少女絕無他意，對她而言，請一杯食堂的飲料，是再自然不過的行為。

棕髮少女——露露亞・弗麗嘉。我記得，她出自於魔術師名門，是位從不為經濟所苦，被細心呵護養大的千金小姐。

即使如此，我還是不希望讓人請客。

——因為即使她現在請我，未來我也沒有辦法回禮。

這項事實令我的心情沉重起來。

「沒、沒關係啦，我沒有強迫你的意思。」就在露露亞緩頰的瞬間。

「你們看！那個農夫的兒子又在吃『菜屑套餐』！」

一團吵鬧的人湧進食堂，我回頭望去，一個面露奸邪笑容的「鴨子頭」，領著其他五個男人，走向我們這。

那個兩邊側髮剃光、前髮高高隆起的召喚術師——正是伯恩哈特・哈德切赫。

他是名門貴族的繼承人，家世甚至與西里爾對等，只不過他本人與西里爾相反，是個品行惡劣、臭名昭彰的暴發戶。今天的他，也渾身戴滿華麗的金項鍊和手環，看起來活像個傻子。

阿諛奉承伯恩哈特的小弟們身上，也各自戴了金飾，相信是老大伯恩哈特賞給他們的。

「喲，西里爾。看你逃了一整天，肯定很辛苦吧。」

「是啊，我累壞了，所以沒事的話能別找我說話嗎？我天生就有痼疾，一聽哈德切赫家的人說話就會起蕁麻疹。」

「別這樣嘛，我的兒時玩伴。我的比賽就排在你們之後，想不想聽聽結果呢？」

「我沒興趣，也不想聽。」

「本・大・爺！可是壓倒性勝利！因為太輕鬆了，連肚子裡的東西都來不及消化，我來食堂，只是想要慶祝三連勝罷了！」

伯恩哈特斜眼看向我點的菜，接著用鼻子哼了一聲。

「這個窮人，怎麼老是吃這種臭東西啊。」

站在他身後的一個小弟，附和伯恩哈特侮蔑道：「他肯定是舌頭壞掉了！誰叫這傢伙，每天都只能吃菜屑套餐！」

一剎那——我整個人怒火中燒，好像大腦裡頭都被煮到沸騰了，只想對他們大吼：「你們這幫渾蛋說什麼！」

被人如此看扁還悶不吭聲，這樣還算是人嗎？既然你們想找架吵，那我奉陪。

就當我想將緊握的拳頭砸向桌子時——西里爾默默地站起身來，搶走我發火的機會。

他那比在場所有人都精實的肉體，散發出冷冷的殺氣，平時的貴公子氣場蕩然無存，他俯視著伯恩哈特跟他的手下說道。

「你們膽敢愚弄以武勇、計略見稱的奧茲隆家……是想跟我挑起戰爭嗎？」

聽說平時越溫和的人，生起氣來就越恐怖。

目睹西里爾的靜謐怒火，令我瞬間冷靜下來。

仗著有老大在便狐假虎威的死小鬼們，也嚇得畏畏縮縮的，看來這比我怒罵他們還有效。

其中一個被西里爾俯視的手下，用顫抖的聲音推託。

「不、不是，我們瞧不起的只有費爾・弗納夫——」

「所以我才生氣，你以為我看到朋友被人愚弄，還能笑著原諒對方嗎？」

隨後……………現場氛圍一觸即發，沒人敢再說話。

伯恩哈特往對我惡言相向的小弟臉上，狠狠揍了一拳。

「走了！你這垃圾少壞了本大爺勝利的興致！」

他放完話，便往廣闊食堂深處走去，吃了他一拳、坐倒在地的小弟喊著：「請、請等一下！伯恩哈特先生！」並急忙跟了上去。

「…………………」

西里爾坐了下來，當作什麼事都沒發生過。他一口將杯中紅酒飲盡，「近距離吃上電擊魔法會死人的，不要這樣。」接著安撫見到我被嘲弄的瞬間，就打算施展魔法的米菲拉。

露露亞在一旁看了事情始末，對我說道。

「真是支好隊伍。」

「唯一的缺點就是除了我以外，各個都血氣方剛。」

「噗——哈！你這學年第一不守常規的人還真敢說！好了——你們等等，我去拿西里爾跟米菲拉的飲料。」

食堂的點餐櫃檯在入口旁，我和兩位夥伴望著露露亞的背影，此時我不經意吐露出心中的疑問。

「薩沙肚子都不會餓嗎，她也消耗了不少魔力吧。」

雖然我並沒有想得到解答，但西里爾回覆道。

「費爾你不知道喔，薩沙那隊今天還有一場比賽。」

「真假，一天連比兩場會累死吧。」

「這就是學年兼學院第一名的難處啊。話雖如此，她現在應該把三年級給打趴了吧？阿格尼・亞露嘉，我不覺得他會是薩沙的對手。」

「哼……」

學院每天下午，會舉行學生之間的召喚術師團隊戰。

內容極其簡單，就是三對三的戰爭遊戲──通稱「學位戰」，學生的實技成績，會由比賽勝負決定。

我的隊伍排名一年級第五，學院綜合二十二名。

這成績已經算相當不錯，若說這樣只算差強人意，就顯得過度貪心。

「費爾，吃完要回宿舍嗎？關於昨天給你們看的魔術書──《猜疑士遺訓》的解釋，我想聽聽你跟米菲拉的意見。」

「不好意思，我今天打工要上晚班到凌晨。」

「今天跟薩沙戰鬥過，休息一下如何？你再不休息會過勞死的。」

「傻子，我又沒錢，不工作連飯飯都沒得吃了。」

「……我分明說過能援助你每月的生活費，你就是不肯接受。」

「沒差啦，孤苦伶仃的，反而落得輕鬆，過得勞碌點也就算了。」

3. 召喚術師，邂逅公主的裸體

「老爸你振作點！不要閉上眼啊笨蛋！」

他的呼吸比十秒前還要更弱，生命燈火在我手中逐漸熄滅。

我盡全力想保住他的性命，我不停拍打老爸臉頰，讓他保持意識清醒。

「我對你施展魔法了！現在傷口正慢慢合上！拜託！再撐一下就好！」

我的雙手沾滿鮮血，而老爸失去血色的臉上，滿是我留下的紅色手印。

「神啊……！」

回想起來，我從未認真對神祈禱過。

現在，我只盼奇蹟出現，保住老爸的性命——如果這願望能夠實現，就算我為神奉上財產、才能、未來也在所不辭。只要能救老爸，要我捨棄召喚術師這個人生目標，成為神的使徒也行。

「為什麼，為什麼會變這樣——老爸，你到底搞什麼啊!!」

薄薄的玄關門沒闔上，讓不合季節的暴風雪不斷吹入，從玄關往外看，只見深夜的黑暗，看起來就像是黑暗有了生命，不斷吐出風雪。

「你不過是個窮農夫！為什麼會被人刺傷啊！」

老爸的腹部大量出血，吊在天花板的燭火，無情地照耀地上血池。

我已經不記得，自己施展過多少次恢復魔法了。

如果我當時身在老爸被刺傷的現場，就沒必要慌成這副德行了。即使老爸的刺傷深入肝臟，我仍可以懷著一線希望，專心治療他。

「老爸、睜開眼睛啊老爸！活下去……拜託你要活下去！你打算丟下我一個人嗎!?」

——這就是恢復魔法的極限。

即使花費時間就能修復傷口，卻無法填補失去的血液。

當我見到一回家就倒下的老爸，甚至有一瞬間覺得他撐不住了，失血量過多，事到如今用恢復魔法也來不及。

「快說話啊笨蛋！快起來，說點什麼啊！」

就算我想移開視線，否定眼前所見…………但從老爸腹部傷口流出的溫暖液體，滴落在我的手、腹部及大腿上，就像在告訴我，我的至親將迎來最後一刻。

「賚、爾……」

倒在我手中的老爸，緩緩地將顫抖的右手，伸向外套內袋，取出一個麻製的小袋子。「這——」他將袋子交給我說道。

「這個、拿去……你十六歲……能去、上學對吧……？」

小袋子裡叮噹作響，應該是袋中硬幣發出的撞擊聲。

這個瞬間，我便察覺了一切，我緊緊握住老爸拿著袋子的手，「我才不要錢——!!要是老爸你不在了，我當上召喚術師是要給誰看啊!?」我悲痛地大喊。

老爸頓時驚覺，但他卻連苦笑的餘裕都沒有。

「不應該、是這樣……」

在最後一刻，他露出了後悔的表情，那張臉，像是心痛到隨時都會哭出來。

「不應該是這樣——」

我用像是要把牙齒咬斷的力道，使勁咬緊牙關，「開什麼玩笑，你開什麼玩笑啊渾蛋！」淚水不斷湧出，連鼻水也止不住。

霎時間，我感受到全身乏力——好累，這個想法，支配了我的一切。

我抱著老爸，流著鼻水、淚水，一動也不動。

當我想擦拭被淚水濡溼的臉，和滿是鮮血的左手時——我從「夢」中醒來。

「…………………真是爛透了。」

我睜開眼，發現自己趴在石頭上，多虧這過度真實的夢境，害我睡醒的心情糟到極點。我的雙肩著涼，背部也坦露出來。

這裡是哪？我是怎麼睡著的？

我嘗試將夢境記憶先擱一旁，重新挖起現實裡的記憶，卻遲遲想不出答案。我記得自己打工到深夜一點，最後拖著身子回到學生宿舍，好不容易擠出最後的力量，進到宿舍的共用浴場……記憶就到此中斷，我完全沒有泡進浴池後的記憶。

「好險……差點就死了……」

真是幸運，沒溺死在水池裡，我將手放在石頭上，撐起身子。

看來我是在浴池的邊緣，以上半身趴在池邊的姿勢睡著了，下半身還浸在熱水裡。

幸虧共用浴場的天花板布滿了魔術燈，浴場裡就如白天一樣明亮。

宿舍的浴場可以二十四小時隨你泡到爽，這對每天打工到半夜的我而言，實在是感激不盡，不過就怕一不小心睡著。要是在浴池裡睡著溺死，那我絕對死不瞑目。

「哈——」

我轉身靠在池邊，將脖子以下浸入熱水裡。

把著涼的背部跟肩膀泡暖後得快點出去，現在不知道幾點了？

就當我把視線往上抬時。

「嗚哦!?」

怎麼有人兩腳張開站在我面前，差點嚇死我了。不過我現在位在浴池的邊緣，想退也沒得退。

「你終於醒來了。」

身穿純白入浴衣遮住肌膚的白金髮美少女，身上纏繞著薄薄熱氣俯視著我。

雙手交錯抱胸，大大方方地站在我眼前的人，正是薩沙・席德・祖爾塔尼亞。

話雖如此……但她身上單薄的入浴服被水濡溼，緊貼著肌膚，看起來幾乎跟全裸無異。她的胸部豐滿到能夠放在交錯的手上，而且腰身曲線鮮明，看起來格外性感。

她的肉體令我聯想到美麗的女神，相信即使是遠古聖者和古龍，看到了也會為她動情。

「……………真是嚇我一跳，竟然能跟公主殿下混浴。」

「被嚇到的應該是我吧，費爾・弗納夫，我可是一進浴池，就看到你靠在池邊耶？」

「妳直接敲醒我不就好了。」

「我搖過你了，可是你睡到不省人事，我只好先靜觀其變了。即使是費爾・弗納夫，睡覺時還是會安靜嘛？」

薩沙仍舊一臉淡然地俯視我，她被我看到裸體都不會感到害羞嗎？

使用者較少的深夜零點到天亮這段期間，浴場會變成混浴，只要住在宿舍，不論男女都能使用。

不過一般而言，在有異性使用時，大家都會敬而遠之，更何況薩沙的房間就有附設浴室，實技成績學年第一名的學生，都會配給到特別豪華的房間。

「……現在幾點？」

「快要早上了。」

「糟糕，我睡了好幾個小時……是說薩沙，妳可以別這麼大大方方地站著嗎？我都不知道該看哪了。」

薩沙見我如此困惑，於是將身體浸入熱水，她直盯著我的臉問道：「又要去打工嗎？」

我還無法從浴池中出來。

薩沙害得我下半身燥熱，而我也沒興趣把自己的玩意兒現給別人看，在眼前的白金髮少女離開前，我只能繼續待在浴池裡。

「人手不足啊，雖然店裡生意好是值得慶幸的事，不過我這一個月都打工到深夜，廚房工作又操，時薪八百六十甘特實在划不來。」

「八百六十？這是大眾酒館的一般薪資嗎？」

「是啊，又不是主要街道上的高級餐廳，一杯麥酒（beer）兩百甘特的廉價酒館，大概就這個價吧？」

「……原來如此，看來我還不夠用功。」

拜託妳趕快離開好嗎——我如此心想，卻不見薩沙打算離開。此時我腦中產生了新的疑問並「嗯？」地歪頭，於是我向她提問。

「為什麼薩沙知道我在酒館打工——？」

薩沙一臉稀鬆平常，直截了當地回答我。

「那是因為承認你勞動許可申請的人是我，我雖然是你的同學，但同時也以席德王族的身分，擔任學院理事。」

第一次得知這項事實，讓我徹底震驚。

「那可真是厲害，我完全不知道。」

「你覺得不公平嗎？負責學院營運的人，竟然成了學年第一的召喚術師。」

「不，任誰看了薩沙的召喚術和大天使，都會承認妳那是實至名歸。只不過，該怎麼說……要身兼公主與學生的身分，應該很辛苦吧。」

「我還比不上你呢，費爾・弗納夫。」

「嗯？」

「在鎮上工作的學院學生只有你一人，大家光是做術式研究跟戰鬥訓練，就花掉一整天了，你竟然還跑去打工，當心會累死喔？」

薩沙直言不諱地說道。

我不禁「哇哈哈哈」地大笑，接著將整個身子往後靠在浴池邊——仰望著天花板的玻璃製魔術燈，這百年前發明出來的燈散發出白色光芒，令我眼睛瞇成一線。

「先不論魔術師……能成為召喚術師這上級職業的人，幾乎都是有錢人家的小孩，所以學院的學費也貴到誇張。」

或許是看我如此疲倦，薩沙感到不解問道。

「為什麼你要這麼努力？」

我苦笑回答「因為我沒錢也沒時間啊」，接著舀起熱水洗了洗臉。

「……我和其他一年級不同，我已經十八歲了。」

我疲憊地嘆了口氣，熱氣混入浴池的蒸氣中消散，洗完澡後，還得在第一堂課「精靈召喚形成論」開始前，把圖書室借來的魔術書看完還回去。

「我起步已經比其他同學慢了，不拚點可沒辦法填補差距。」

「……我聽說學院認可你入學，應該是三年前——也就是你十五歲的時候才對。」

「說來丟臉，我當時籌學費花了不少時間。」

「……這樣啊。」

或許是直覺性感受到，繼續這個話題可能會踩到我的地雷，薩沙沒繼續追問下去，而是將話題轉到其他地方。「對了——昨天的比賽，虧你敢如此看扁我啊。」

「啥？妳以為我是喜歡才用那種打法喔？」

「不對，攻擊衣服、弄得我滿身蟲子——那些都無所謂。費爾・弗納夫，你對上我，竟然到最後都沒召喚出『分身』。」

「啊啊，妳是指這個……」

「我將自己的『分身』塞西莉亞召喚出來了。」

「我們也有召喚出西里爾的澤魯格啊，妳可別小看澤魯格啊？光是牠一隻，就能打趴一般水準的隊伍了。」

「那還不夠，米菲拉的『分身』不適合用來戰鬥，不召喚出來我還能理解，究竟要何時，你才願意叫出『最強的召喚獸』？你打算藏到什麼時候？」

「………………」

妳可真敢說啊，我也是有苦衷好嗎！

所有的召喚術師無一例外，都有一個形同靈魂伴侶的召喚獸，像是西里爾的「劍虎王澤魯格」、米菲拉的「星空吹哨者帕羅爾」。

我們召喚術師，得藉助「無條件跨越時代，呼應召喚的搭檔」之力，方能獲得「召喚他人的感覺」。總而言之，只要沒有召喚搭檔的經驗，不論多麼優秀的魔術師，都無法成為召喚術師——當然，我也在入學前一天，偷偷做了第一次召喚。

最初呼應召喚的召喚獸，我們會稱之為「分身」。

就常態而論，那個「分身」，會是召喚術師最強大、最棒的召喚獸。

「牠跟我一樣，是個不聽話的傢伙，想在比賽時叫出來需要做足準備。」

「意思是史萊姆跟蟲群，不是費爾·弗納夫的真正本領？」

「當然，雖說我不討厭琢磨策略，不過下一次，我就正面對決給妳看。」

「呵呵呵，下一次，是吧。」薩沙從水裡站起身來——她的入浴服緊貼肌膚，衣襟滴落水珠，看起來特別煽情。

「確實，我覺得在不遠的將來，還有機會與你的隊伍再戰。」

我嘴角上揚，仰望著從浴池起身的薩沙。

不在乎男人視線的氣度、能塑造出深溝的胸肉、性感豐滿的腰身，都出色得不像是個十六歲的少女，我只能微笑以對。

為了不被公主的魅力壓倒，我逞強說道。

「妳在召喚祭等我。」

「我在召喚祭等你。」

兩人聲音重疊。

4. 召喚術師，登上分身

「費爾——你也差不多該放棄了吧——？你再怎麼做，不會動的東西就是不會動啊——」

遙遠的下方，傳來了西里爾聲量細微的牢騷。

我氣得大聲喊道。

「這件事可是攸關生死好嗎！這玩意占了我詩集的九成啊！」

我往下一望，西里爾和米菲拉站在露出岩層的地面上，兩人看起來，就只有米粒大小。

這高度可不是開玩笑的，就連以城鎮裡最高著稱的西多拉大聖堂——那金碧輝煌的尖塔頂端，也才剛好是我所站的高度，從這裡掉下去，光落地估計就得花上五秒。

荒野特有的強風吹起，讓我的魔術師服衣襟和外套背部隨風飄揚。

「等、」

整個人差點被風吹走——我不禁冷汗直冒。

我深深感到後悔，怎麼沒先換成適合的服裝再爬上來……雖然有把前扣扣好，但魔術師服的布料實在太厚了。

「快動啊，潘多拉……」

我施展身體強化魔法提升握力，抓住了牠身上微微突起的部分。

「雖然你一動起來……肯定會出大事……」

我順著青黑色的牆壁，一點一點往上爬。

我爬了許久，依然沒看到頂點。雖然我用魔法提升了三倍的臂力，爬起來一點都不費事，但這個沒得裝救命索的攀岩，仍是極其危險，一失手便會跌落的恐懼，讓我嚇得連股間都縮成一團。

「潘多拉——你到底是在鬧什麼彆扭？我可是賭上性命了，你也差不多該回應我了吧？」

我氣喘吁吁地對牆壁說話，就像在安撫鬧脾氣的家人或是好友。

我停下攀登的手，「潘多拉……」用額頭碰了青黑色的牆面。這觸感十分奇妙，雖硬如鋼鐵，卻又如肌膚般溼潤滑嫩。

「像你這種比我還麻煩的倔強傢伙，可真沒幾個。」

我仰天碎念，只見午後太陽的反光中，有著一個巨大的存在。

一個陡峭的懸崖——不，那懸崖上方略帶渾圓，看起來像是人類的肩膀。

「真是夠了……」

就當我正打算再次攀爬，將左手伸進腰間掛止滑用的石灰袋時。

——在這絕妙的時刻，颳起了今天最強的一陣風。光靠一隻右手實在無法抓牢，我的指尖脫離牆壁，最後整個人被拋到空中。

糟、死定了——

我全身感受空氣的冷冽，反射性將手伸向牆面，但我與牆面的距離，遠到如何掙扎都無法觸及。緊張與恐怖，令血液一口氣衝向腦部，眼球深處隱隱作痛。

「嘎呼——」

突然一陣衝擊襲來，使我將肺部空氣吐盡。

我一邊咳嗽，一邊往下望，地面的景色開始向縱橫移行，而不是越來越接近，而且只有我周圍，變得特別黑暗。

我抬頭確認是什麼東西造成黑影……那是一隻翼長估計有十梅傑爾的怪鳥，一般成年男性的平均身高，只有一點七梅傑爾——牠還緊抓著我的腹部不放。

那隻大鷲有著彩虹色的翅膀，臉部還特別巨大。

牠的爪子，似乎連小牛都能輕鬆抓起，而腳上、身體直到脖子，都布滿了堅硬的黑色鱗片，保護牠的皮膚，看起來就像是一隻身穿盔甲的巨鳥。

而這隻令人驚嘆的怪鳥，並不是正好在附近飛翔。

想也知道，牠是西里爾的召喚獸。

「看到沒，誰叫你要亂來。」證據就是從怪鳥的黃色嘴喙，發出了西里爾沉著的聲音。即使沒有人類的聲帶，具有魔力的古代怪鳥，也能輕易做到這種事。

這是他為預防我手滑，所事先召喚出來的。

「……抱歉，西里爾……謝謝你救了我。」

「沒關係，我明白你為什麼會發火，換作是澤魯格發生了同樣狀況，我也會嘗試各種方法讓牠復原。」

巨大的怪鳥在空中雙翅一振，便揚起了強風，讓牠畫著巨大圓弧扶搖直上。我一邊被怪鳥粗大的勾爪嚇得心裡發寒，一邊將岩石地帶的景色收入眼底。

阿戈納山麓——位於不毛之地，阿戈納山山腳下的遼闊無人荒野。

這地方位於學院南方過了一座山的地方，除了偶爾會有學生來這練習大範圍破壞魔法，基本上是個杳無人煙之處。必須要用會飛的召喚獸，才有辦法從學院過來，我們常趁週末假日來這練習，以確保「重大祕密」不被別人發現。

「今天的潘多拉也是有夠大隻……」

「大過頭了，我到底哪來的天分，能叫出這種召喚獸啊……」

沒錯，只有在這片大地，我——費爾・弗納夫，才能毫不猶豫地召喚出自己的

「分身」。

西里爾召喚出的鳥飛上高空，現在離地應該超過五百梅傑爾了。

那東西乍看之下，像是在紅色岩石地帶的正中間，忽然冒出的青黑色岩山。

但就岩山而言，外型實在是過於奇特，不僅表面太過平滑，而且造型極端複雜。

究竟有誰能想到——那是一個失去力量、坐倒在地的超巨大人形生物？

牠不是巨人，這個人形生物的表面，被材質不明的外骨骼所覆蓋。

牠不是神，不論是牠那有如戴著奢華騎士頭盔的龍族臉龐，還是極端的倒三角上半身，又或是與身長不相上下的巨大分岔尾巴，總之全身看起來，非常地不祥且詭異。

牠不是惡魔，我的「分身」背上，長著十隻翅膀，外型有如固定住的青黑色火焰，而魔族背上，並不會長超過四隻以上的翅膀。

「畢竟牠是……終界魔獸潘多拉嘛……」

「真是抽了個下下籤。有誰能想到，我召喚出來的竟然是跟眾神槓上的傢伙——老實說，我根本不希望牠是我的分身，牠超過了一介凡人所能負擔的程度，」

牠站起身來，高度會超過三百梅傑爾。

光是現在坐著的狀態，也有將近一百五十梅傑爾。

我剛才登上的，是我的分身——終界魔獸潘多拉的右手。

我心想如果自己陷入危機，牠或許會產生反應……看來是我想得太美。

「……費爾掉下來牠也完全沒動呢。」

「我知道。」

「又失敗了。」

「我知道。」

「我不是很想這麼講，也許是時候該看開了。」

「…………………我知道。」

西里爾召喚的鳥，在魔獸潘多拉的頭上，緩緩地盤旋。

此時，坐著一動也不動的魔獸潘多拉的頭頂，映入我的眼簾，說實話，我真想把眼神別開。

今天這個地方，並不是最高神和大魔獸最終決戰的舞臺。

我的「分身」，處於今早召喚出來時，原原本本的模樣……可是，牠的頭部，左半側卻整個被打爛了。

估計是用鈍器之類的東西，從斜上角度敲過去。厚重的外骨骼被敲碎，處處能看見裂痕，龜裂深入頭蓋骨的內側，連腦漿都漏出來了。

在精靈還微不足道的遙遠過去——「諸神時代」時，曾發生過爭亂。

大魔獸潘多拉，向天上眾神挑起戰爭，在牠虐殺了諸多神祇後，終於被最高神——善，用雷槌敲碎腦袋擊敗了。最後，存活下來的眾神，決定將世界託付給精靈、擁有力量的野獸，以及遵循正義的天使，並隱遁到「世界盡頭之園」。

這是各國小孩都耳熟能詳的神話。

連我也在村子的教會裡聽過好幾次。

就算是如此………

就算是如此，我的「分身」，也不該是被最高神善敲爛腦袋後的魔獸潘多拉啊，根本是莫名其妙。

就算召喚術，被稱作是能超越時空的奇蹟，但怎麼偏偏是挑在這時間點，把我的搭檔給召喚出來？

牠不僅大得誇張，世人對牠的印象也很糟，實在是叫人頭痛的存在……況且，現階段我所懷抱的問題，還不只如此。

「歡迎回來，費爾。」

「辛苦了，費爾。」

西里爾的鳥降落地面，我的腳，踩在睽違已久的地面。

我們在魔獸潘多拉的腳下鋪了野餐墊，陣陣咖啡香撲鼻而來，西里爾和米菲拉，正手持咖啡杯、讀著魔術書打發時間。

「要喝杯咖啡嗎？能放鬆心情喔？」

「不，不必了。呃，我的水壺在——」

我拿起皮革製的水壺，一口灌下裡面微溫的水來滋潤喉嚨後，一屁股坐在野餐墊邊邊，接著雙腳伸直、抬頭仰望魔獸潘多拉的英姿嘟囔道。

「……我覺得這主意還不錯的說。」

西里爾回應我的自言自語。

「你竟然為了吸引召喚獸的注意，故意讓自己陷入危機，這確實是常人做不到的事。」

我聽了，不禁哼了一聲自嘲說道。

「普通的召喚術師，也不會有個完全不理會自己的『分身』吧。」

雖然我輕佻地嘲笑自己一番，但兩人卻用嚴肅的神情看著我，臉上沒有一絲笑意。或許是為了隱藏憐憫之情，才會自然露出這樣的表情。

「你們倆，聽我說一下。」

我面對著西里爾和米菲拉盤腿而坐，接著上半身前傾，對著兩人嘆道。

「不會錯的，我的潘多拉，徹底死透了。」

兩人以真摯的眼神，和為夥伴著想的沉默回應我。

我每一句話都注入氣力說出，現場氛圍完全不像是咖啡時間的閒聊。

「我跟牠明明近在咫尺——還差點死在牠身邊，卻感受不到潘多拉的一絲鼓動，這下只能老實承認了……我的『分身』，不是『終界魔獸潘多拉』，而是『潘多拉的屍體』。搭檔竟然是具屍體，我應該算是古今第一人了吧。」

我刻意輕浮地說出這段話，但二人仍用沉默回應我。西里爾似乎想說些什麼，最後只見他雙脣微動，卻一語不發。

我想也是，這可是親睹一個召喚術師前程毀滅的瞬間，不可能隨口安慰個兩句。換作是我也說不出口，肯定會像兩人一樣愁眉苦臉的。

正因為如此，我只好故作堅強地說：「算了，再怎麼咳聲嘆氣也沒用。」

「入學後花了半年，終於摸清了『分身』的真實身分，這也算有所進展吧。為什麼沒有意識的屍體會呼應我的召喚——比起思考這種事，更該先想想，要怎麼活用這傢伙。」

說到這份上，西里爾的嘴角才微微上揚，做出了難以形容的微笑，也不知道他是感到佩服，還是在苦笑。

「你真堅強啊，費爾。」

「我只是比較摳門罷了，橫豎都抽到個賠錢貨，起碼得撈回本。」

此時，米菲拉小聲說了一句奇妙的話。

「潘多拉就算是死了也是最強的。」

「也許吧——」我思索這句話的意思，並從魔術師服的口袋裡，取出了小本的皮革書，我捏起第一頁到一百一十頁讓兩人看。

「這傢伙不過是具屍體，竟然占了這麼多詩集頁數，就算是薩沙的大天使，也頂多只占了二十頁吧。」

召喚術師一生能創造出一本「召喚詩集」。

自己的每一隻召喚獸，會以散文詩的形式殘留書中。又或者該說……當和召喚獸締結契約的瞬間，他們就會擅自成為詩文，硬是擠進詩集裡比較正確。

史萊姆或小惡魔頂多只要數行，龍這類強大的怪物則要數頁，神話、傳說級的怪物，大概要十頁左右。歷史上，只有數名召喚術師，能與超過二十頁的召喚獸締結契約。

不論是多麼偉大的召喚術師，召喚的負荷容量就只有一本詩集，而我詩集的九成，都被魔獸潘多拉的相關記述給填滿了。

只要召喚過一次，詩文便無法刪除，如果魔獸潘多拉不能用，那換其他大魔獸當搭檔不就得了——這麼美的事，在我們召喚術師的世界裡，是不可能發生的。

費爾・弗納夫，只能硬著頭皮，做個詩集頁數寥寥無幾的召喚術師。

「那一百多頁都寫了些什麼？」

「我才想知道好嗎？那些要不是卡達古瑪塔文明以前的文字，不然就根本不是這個世界所使用的文字……幸虧召喚只需要用到開頭幾段，只要拚命集中精神，就能勉強在腦中浮現意思。」

「……反抗絕望之魔獸，自昏暝之海浮現，振翅高飛迎向天際……是這樣沒錯吧？」

「該絕望的應該是我吧。」

我將手肘靠在盤腿坐的膝蓋上，手撐下巴說道。不過事到如今，再怎麼抱怨也於事無補，於是我把話題帶回來：「算了，別管那些，先想想該怎麼活用潘多拉吧。」

「反正牠死都死了，有沒有辦法讓牠動起來？」

西里爾露出詫異的表情。

「你想把牠當人偶那樣操縱？」

我彈了中指發出聲響，接著用食指指向西里爾。

「問題是牠的大小和重量，雖然拘束魔法可以遠端控制四肢，但是對潘多拉使用，怕是效果範圍太小，連牠的指尖都動不了。」

「植物魔法呢？只要不斷注入魔力，就能無限制伸展樹藤。」

「那也只是伸長而已，樹藤的韌度，和莖的面積成正比；要用的話，得先挑選強度足以把潘多拉吊起來的植物。」

當我抱胸苦思時，米菲拉也加入話題說：「召喚世界樹就好了。」

「世界樹比潘多拉還要大，就算把潘多拉舉起也不會斷掉。」

米菲拉平淡地提案道。

我和西里爾聽了，只能露出苦笑。

「世界樹可是構成世界的一部分啊，如果我有能力召喚牠，哪還需要為潘多拉苦惱。」

「如果是一小片枝頭，說不定還有機會召喚出來就是了。」

米菲拉或許是認真地提了這個方案，她見我和西里爾壓根沒打算理會，便可愛地嘟嘴，並發出「嗯——」的聲音抱怨。

雖不是為了討好她，但我向米菲拉提了一個問題。

「一般而言，屍體應該是死精靈的專業領域吧，天才死精靈召喚師，妳是怎麼想的？」

「不可能。」

米菲拉秒答道。就現實面而論，這已經是可能性最高的方案了，沒想到被她完全否定，即便如此，我還是無法原原本本地接受米菲拉的意見，就此輕言放棄。

「如果一隻不夠，那同時使用四、五隻死精靈呢？譬如每隻精靈只操控一隻手腳的話。」

我不由自主地加快說話速度。

米菲拉仰望著潘多拉的巨大身軀說道。

「菲爾召喚潘多拉的時間點，一定是牠剛斷氣的瞬間。即使沒有靈魂，牠的身體仍充滿著生氣，死精靈無法進去，光是碰到一秒鐘，死精靈就會被殺掉吧。」

「意思是，必須得讓牠徹底腐敗才行？」

「牠徹底爛掉的話，或許能操縱一根指頭。」

「這樣啊，那就完了。術師失去意識的瞬間，召喚獸就會被強制送回，不論是多麼強大的魔法師，只花個兩三天也沒辦法讓潘多拉腐敗吧，即使是我，熬了四天夜也是會死的。」

「感覺潘多拉過了百年也不會腐敗。」

我對著西里爾說：「要是有控制時間的魔法就好了。」當然，被他一笑置之。

「我覺得叫費爾熬夜一百年還比較簡單。」

「……或者是召喚死之根源精靈。如果是根源精靈，就有機會進入潘多拉體內。」

「別強人所難了，那個傳說中的精靈是跟世界樹同等，甚至是超越牠的存在啊。」

這下走投無路了。西里爾見我抱頭苦思，便提出下一個點子。

「呃，對了——乾脆不要想如何讓牠動，而是把牠當成魔法使用如何？」

「……像是從天空召喚牠壓垮敵人之類的？」

「……什麼嘛，費爾也想過一樣的點子啊。」

「算是吧，不過這方法，起碼學生時期用不了。潘多拉從天空砸下來，那肯定會出人命，根本沒辦法在學位戰叫出來。」

「這個嘛，也對啦，畢竟那只是比賽而已。」

再次走投無路。結果三名召喚術師湊在一塊，智慧也不足以「挑戰神祇」。我們想不出更多點子，只能陷入沉默，任由荒野乾燥的風拂過臉龐。

最終，米菲拉嘴對著裝了咖啡的馬克杯口，小聲說道。

「……雖然沒根源精靈那麼強大……要不要先讓高等死精靈，看看潘多拉再說？」

我和西里爾完全聽不懂她在說什麼。

我望向米菲拉手指向的天空——浩瀚蒼穹、眩目陽光，令我將眼睛瞇成一線。

5. 召喚術師，結束勞動

今天我也不停甩動鐵鍋，弄得手臂肌肉緊繃。

而且是從傍晚六點開始，整整七個小時。

十五歲時，我那當農夫的老爸死後——我便在故鄉村子裡當廚師，雖然早已習慣廚房工作，但長時間的勞動依舊讓我疲憊不堪。

「呼～～～」

我取下吸滿汗水的頭巾，走出炎熱的廚房，進到寬敞的大廳。

裝在牆上的十幾盞油燈，將大廳染上一片橙色。

直到前不久，大廳裡還擠滿了醉倒的酒客。如今，處處都有翻倒的圓椅，原本並排得整整齊齊的方桌，也被弄得東倒西歪，光看這畫面，就知道剛才酒客喝得有多盡興……害我只能苦笑。

「好累啊……」

我將滾到腳邊的椅子扶正，一屁股坐了上去。

此時，傳來了年輕女生的聲音說：「辛苦了——今天客人也好多啊——」

我抬頭一看——是一位棕髮女性，身穿著胸口大大敞開的圍裙連衣裙。她一邊露出毫無倦色的微笑，一邊將木製酒杯遞給我，酒杯裡裝滿了清涼的水。

「不好意思，伊莉莎小姐。」

我點頭道謝並接下酒杯——接著將水一口飲盡。「今天太忙了，連喝水的時間都沒有。」我微笑嘆道。

伊莉莎小姐歪頭微笑，她微捲的長髮也跟著輕輕晃動，她坐在桌子邊緣，開始與我聊天。

「你可別累倒喔，費爾你要是累倒了，老大又會忙到發火。」

「話說回來，這一個月到底發生什麼事啊？怎麼客人點的，都是些平常幾乎不會出的昂貴酒款。」

「啊啊，你說那個啊，聽說是有一批奇怪的人在發錢。」

「發錢？有義賊跑來貿易都市？」

「我今天向庫倫大叔打聽過，他說有一幫人，僱用了貧民街的傢伙在找人。好像是什麼學者？官員之類的？我也不太清楚，總之就是有一批來頭不明的人，跑來『拉達馬庫』。」

「……學者，是吧。他們不會是偷了古代遺物吧。」

「總之因為這樣，店裡的常客手頭變得比較闊，多少會貢獻我們這的營收。我看應該不會持續太久吧？畢竟他們不顧著存錢，成天點些名貴的酒。」

貿易都市拉達馬庫——位於「席德王國」與「羅德王國」的主要幹道上，是座發展蓬勃的三十萬人都市。

培育召喚術師的「學院」，占了市區北側的一大塊面積，市區東部是從晚餐材料到魔術書都能弄到的大市場。在這片沒有城牆的廣大土地上，從貴族宅邸到貧民街、大聖堂到花街、圖書館、劇院、上下水道、地下墓園應有盡有。這裡毋庸置疑，是僅次於「席德王國」首都的大都市。

而我打工的「大眾酒館——馬涎亭」，正好位在大市場和花街的交界。平均消費算是居下偏上，常客都是在市場、花街打雜的廉價勞工。

「是說我今天又被摸屁股了耶？這對未來的大演員未免也太失禮了吧？」

「畢竟客人都是些醉鬼嘛，我看妳乾脆寫在菜單上如何？摸一下五萬之類的。」

「啊哈哈哈！五萬就太過頭了吧！只是摸一把對吧？行情大概是收個一萬吧。等我當上舞臺劇女主角打出名號了，再漲成五萬好了。」

打工結束後，我和伊莉莎小姐——想當女演員的二十一歲女性，在店裡閒聊。

「喂，費爾，你早上還要上學吧，把這吃了快點回去。」

眼前桌子突然端上一個大盤子，盤中炸雞和炸時蔬都堆成小山了。

「討厭啦，老大。這麼晚了還吃炸的。」

「沒關係啦，召喚術師到頭來還不是得拚體力？那麼肉、蔬菜跟油脂才是最棒的食物。」

端出員工餐的，是一個禿頭的肌肉男。

他的個子雖然比我矮，但短袖衣服露出來的手臂卻粗壯到不行，加上如鷲般犀利的單眼皮眼眸，使他整個人散發出了非凡的壓迫感，說他原本是騎士團團長我都信。

「不好意思，老大，我開動了。」

這人是我的直屬上司——「馬涎亭」的料理長。我從椅子站起身來，向他低頭。

「哦，還有，老闆說要給你們倆漲一百甘特時薪。」

伊莉莎聽了瞬間身體前傾，興奮地問道：「真假!?老大，是真的嗎!?」接著她舉拳高喊。

「好耶！我要拿去買化妝品！」

我也不禁握拳竊喜，時薪突然漲了一百甘特，實在是幫了大忙。

「現在少了你們倆，整間店就忙不過來了。伊莉莎以外的外場，都在十一點前下班走人，而費爾也已經能煮出店裡的味道了。」

「不愧是老大，竟然能讓那摳門老闆點頭。」

「對了，你們倆——下週班要怎麼排？要跟這週一樣，每天都上關店班嗎？」

「我可以喔——畢竟都漲時薪了。」

接著輪到我答覆，「老大不好意思，下週六，能讓我休息一天嗎？」我對著老大深深鞠了個躬。

老大稍稍露出愁容搔了搔禿頭，但並沒有拒絕我。

「行當然是行啦……是學校的事嗎？」

「我要跟兩個隊員去趟『空中墓園』，時間正好就是下週，不好意思，給老大添麻煩了。」

地方出身的伊莉莎聽了我的話，不解地歪頭思索，但老大一聽便明白了。

「原來如此，已經到這個時期啦，畢竟你是召喚術師嘛。」

他用低沉的聲音笑著說道，並走回了廚房。

6. 召喚術師，飛向早霞

這個世界的天空中，意外地浮著各種東西。

像是蓋在積雨雲上的白色城堡。捲在骷髏上，沉眠至今的巨龍。還有浮在空中，能引發奇蹟的女神達莉婭巨像。

而「空中墓園」也是其中一個。

事情的開端，得追溯到一千兩百年前——與破滅的召喚術師奧迪尼亞・嘉羅之間的大戰。奧迪尼亞召喚了七條邪龍，企圖將世界燒毀，最終他被各國集結的召喚術師聯盟所擊敗。戰後，召喚術師聯盟的天才們，攜手打造了這座「飛天墓園」。

建造「空中墓園」的目的，是為了鎮魂與警世。

這座墓園會在天空遨遊，並提醒所有看到墓園的召喚術師，必須學會自制，別成為第二個奧迪尼亞，凡是妄想成為奧迪尼亞的術師，終將自取滅亡。

話雖如此，奧迪尼亞・嘉羅和召喚術師聯盟的大戰——就我們這些現代召喚術師的角度來看，不過就是遙遠過去所發生的故事，跟荒唐無稽的童話相去不遠。

唯一重要的——只有「空中墓園」，至今仍飛在天上這項事實。

「空中墓園」裡，除了隱藏許多能重現神蹟的寶物(artifact)，聽說偉大的死精靈托瑞，至今仍在這裡看守著死者長眠。

而死精靈托瑞，便是活過了「諸神時代」、「精靈與野獸的時代」、「人類時代」的大精靈。牠是由「為這個世界帶來死亡」的死之根源精靈所孕育出來，據說牠還咒殺了奧迪尼亞召喚出的一條邪龍。

「人可真不少啊，黎明前就有過百人了……」

「畢竟墓園的寶物(artifact)都很稀有啊，來這的人，大概有九成是看上傳奇召喚術師們的遺物吧。」

現在還是黎明前，遠處如山大的太陽，還沒探出頭來——我、西里爾、米菲拉三人身穿厚重外套，站在擠滿人的學院校舍樓頂。

「好睏……西里爾，背我……西里爾……」

早上極度低血壓的米菲拉，牽著西里爾的手，看起來活像個隨時會倒下的懸絲木偶，勉強用一隻右手吊起身體。

「阿格尼・亞露嘉，還有蘇絲雅・蕾可路德——三年級的名人也都來了。」

「畢竟墓園五年只開放一次啊，即使背負著畢業前就受重傷的風險，也有挑戰的價值。他們八成是想戰勝無敵的薩沙，才會來這尋找犯規級的寶物(artifact)。」

在場的人都壓低音量。

不過……在沒有柵欄跟圍牆的校舍樓頂聚集了上百人，大家的竊竊私語、衣服摩擦聲，使得周圍一片騷動，確實有種「祭典日早晨」的感覺。

「早安，費爾．弗納夫、西里爾，你們也來啦。」

我回頭轉向聲音來源，一位棕髮少女帶著兩名男性站在那。露露亞．弗麗嘉，就學位戰排名而論，是一年級第二、學院綜合排名第六的強者。

她將輕柔微捲的長髮收進圍巾，身穿大量羔羊毛製成的高級外套，抵禦十一月上旬早晨的寒風。

「真叫人意外，我以為你們對尋寶沒興趣，尤其是你，費爾。」

她露出了感受不出一絲睡意和倦怠的開朗笑容。

反觀我，則是強忍呵欠回應道。

「我確實沒興趣挖別人墳墓，我只是想跟守墓的聊聊天。」

「跟死精靈托瑞？」

「聽說這大精靈脾氣很拗，只希望他對我們的話題感興趣。」

「我也有點感興趣了，如果有打聽到什麼有趣的話題，能順便告訴我們嗎？」

「不好意思啊，我們要問的事比較私密……是說，妳這個學年第二名，週末窩在家睡覺不就好了，竟然還來墓園尋寶，是打算變得更強喔。」

「哈哈哈♪我這個人，其實還挺貪心的呢。」

「真是討厭啊，一個天才還這麼努力，這下我們不是更拿妳沒轍了。」

就在我露出苦笑的瞬間，周遭的雜音突然變大。

正當我心想發生什麼事時——有三匹純白天馬背對著日出，現身於樓頂上。

緩緩拍動白翼，浮游在天上的天馬背上，各自坐著三位美麗的少女，大家一看就知道，那是學院最強隊伍的三人。

位於中央的薩沙・席德・祖爾塔尼亞，身穿儀式著色的輕鎧，那身影宛若是公主騎士。

也不知道這盔甲到底是誰訂製的……保護薩沙頭部的，只有展翅飛鳥造型的護額，胸甲整個將乳溝露出，下半身只有一件短裙和包住膝蓋以下的腿甲，導致她那一塵不染的大腿，直貼著天馬的白毛。

反倒是位於兩側的少女，和薩沙相比根本是重裝。

她們身穿著強調女性輪廓的全身鎧甲，不僅胸部被金屬板包覆住，大腿也沒有完全露出。守護「席德王國」王宮的近衛騎士團鎧甲，或許就是那樣的造型吧。

——

聚集在學院屋頂上的召喚術師們，瞬間靜了下來。

只有幾個傢伙在那邊吵著「薩沙公主來了——!!」、「公主胸部好大——!!」、

「讓我看妳的大腿——!!」

「你們這些蠢貨不要吵了!!」

薩沙的隊友大喝，使得那些傢伙趕緊閉上嘴巴。

在清晨一片寧靜之中。

「我乃是薩沙．席德．祖爾塔尼亞。以王權繼承者，我父王齊格飛．席德．祖爾塔尼亞的代理人身分前來。」

薩沙從腰間拔出劍，用她優美的聲音報上姓名，接著將劍尖，指向眼前一百多個召喚術師。

「尋求遠古知識的學徒，即便破壞死者安寧，仍渴望知識的年輕人啊。」

我們肅然起敬，默默地聽著「席德王國」第三王女的發言。

在場，沒有一名召喚術師不明白現在發生何事。

「本來，『空中墓園』是鎮魂之地，封印於該地的力量過於強大，導致八大王家嚴禁任何人踏入該地，況且盜墓，更是可恥的行為。」

這是自古傳承至今的「訓斥與許可儀式」。

自古以來，必須辦理各種手續，才能踏入國家管理的禁地。

「……然而，長眠於墓園的賢者們，過去也曾敞開學院的大門。先達將睿智託付給後進，乃是亙古不變之理。」

我們正要前往的「空中墓園」就是禁地之一，王國明定進入墓園的方法，就是「五年一度，當墓園出現在學院上空的黎明，集合在學院屋頂，在那聽從王族的訓斥並取得許可。」

「因此！」

薩沙加強語氣，將劍揮向天空。

這個瞬間，我只覺得公主也真是辛苦……大清早還得穿上儀式盔甲，對我們這些貪得無厭的傢伙發火。

「我將遵循八大王國的慣例——！在日出的太陽達到頂端之間，僅允許在場起飛的學徒，進入『空中墓園』。」

我猜薩沙對「空中墓園」根本沒興趣。

只不過，眼前這位身負王女立場的美少女，她的白金髮在風中飄逸——被神聖的朝陽照得閃閃發亮，實在是美到令所有人屏息。

接著。

「即使被墓園擊落，也不低頭悲嘆的人，起飛吧!!」

霎時間看呆的我們，聽到薩沙如斥責般的激勵聲後。

「閃爍於天空的雷眼，擁有星之名的——」

「由大地之炎所生的石翼——」

「目睹卡洛瑪之風，咆哮響徹黑夜——」

「基茲馬戈茲馬，搬運雨雲的黎明巨鴉——」

屋頂上處處傳來了召喚術的詠唱聲。

頃刻之間，屋頂上出現翼長數梅傑爾的怪鳥、前腳帶有膜狀飛翼的飛龍（wyvern）、每一節都帶有蜻蜓羽翼的大蜈蚣、長著狼臉的巨大惡魔，當然，由於大量召喚獸的翅膀同時展開，使得現場亂成一團。

話雖如此，也不可能一百多人全體急躁得就地起飛，混亂也只有一開始而已，之後大家便自然地排好隊，等一組隊伍起飛後，才換下一組人。

「好了，差不多該輪到我們出發了。」

「等等費爾——喂、喂，米菲拉別睡了，快醒醒，起來啦——快點起來——」

「呃……算了，反正也不是分秒必爭。」

無法阻止米菲拉睡回籠覺的我們，只好排在最後一組。

「那麼，費爾．弗納夫，我們先走一步了，祝你好運。」

「妳也是啊，可別拚過頭掛掉啊。」

「希望你們能順利叫醒米菲拉。」

棕髮少女露露亞召喚的，是一頭身體被白毛包覆的巨大白龍——她和隊員三人，騎在白龍纖瘦的脖子上，而我輕輕揮手，目送她們離開。

至於接下來嘛…………

「西里爾好吵，費爾也不要捏我臉頰，我醒了啦。」雖然我們一時之間著急起來，但米菲拉總算是醒來了，她一睡醒，就召喚了有翼生物的王者，龍——的屍體。

這是死精靈勉勉強強可以操縱的生物，在米菲拉召喚的死精靈中，也必須是最強大的精靈，才有辦法進入龍的身體。

西里爾抬頭，望向牠那只要張開翅膀，就幾乎能覆蓋整個學院樓頂的漆黑巨體，接著說道。

「說不定，排在最後一組算我們運氣好，我們早習慣牠散發出的強烈惡臭……其他人聞了說不定得直送醫務室。」

我雙手抓住米菲拉的細腰，將她高高舉起說道。

「龍的腐肉可是連蛆都不吃，而且只有一部分細菌跟死精靈，才能依附在上面，其實還挺乾淨的說？根據研究顯示，是因為龍死後，體內蘊藏的魔力性質惡化，才會變得這麼臭。」

死去的黑龍伸出脖子，將牠長長的鼻頭，停在我和米菲拉眼前，就像在叫我們從這邊騎上去。

當下我的眼神，正好對上牠失去眼球的空洞眼窩。

牠全身被尋常魔法無法弄傷的黑鱗覆蓋，而且大到一口就能吞下三匹馬……雖然是屍體，卻有著壓倒性的存在感。

相信牠在生前，是隻充滿威嚴的天空霸者，又說不定是殘害生命的暴虐之王，畢竟性情暴躁的黑龍不在少數。

「米菲拉，拜託一口氣飛到上空。要是臭氣傳到街上，會有人跑來學院投訴的。」

我騎到黑龍身上說道，接著在牠寬廣的背上，找了個好坐的位置，緊抓住牠厚重的鱗片，當作固定身體的握把。

「花了不少時間啊，拜託也為接下來得追上隊伍的我們著想一下。」

「不好意思啊，妳們還得追上前方隊伍喔？」

「我們必須幫助脫隊者。」

「真是英勇啊，不光是以王族身分舉行儀式，還得以學院第一名的身分，負責救回被幹掉的傢伙，這樣整個週末都毀了吧。」

「沒辦法，我的立場比較特殊。」

「是說學院第一名的隊伍，還得負責回收脫隊者喔——雖然不清楚這慣例是啥時開始的，總之妳可真倒楣啊。」

「總比失去寶貴的召喚術師來得好，畢竟『對方』可是不會手下留情。」

「我們就盡量不給妳添麻煩吧。」

「請務必這麼做，要冒著全身染上惡臭的風險去救你們，確實會讓我和塞西莉亞猶豫不決。」

最後，薩沙露出了略帶窘困的微笑，我們等待她的天馬遠離到安全距離後，黑龍屍體便用力振翅。

我們三人直線升上天空，並從黑龍背上對下方的薩沙揮手，而薩沙也以符合公主身分的舉止，對我們揮手致意。

「再見啦，薩沙！」

「不好意思讓妳久等了！」

「拜拜——」

僅僅振翅五次，我們就飛到比雲層還高的上空，早晨空氣十分清澈，天空上方好像還能看到深邃紫色彼端的星空。

突然——黑龍的屍體扭動脖子，發出了勇猛的咆哮。

不知這是潛伏進黑龍巨體的死精靈所為，還是黑龍憶起生前，才發出的低音嘶吼。就這麼，漆黑的巨翼向西方飛去。

「我說西里爾，飛到墓園需要多少時間。」

「這個嘛——今天風有點強，估個一小時半可能比較妥當。」

「嗚欸，我的身體整個發冷了，這條龍身上就沒有裝廁所嗎？」

「哪有可能裝，又不是王族專用的飛龍（wyvern）船。」

「想尿尿就隨便找個地方解決。」

「…………沒辦法，反正森林中央或是山頂應該沒人。」

這不是場漫長的旅行，也並非險峻的路程。

不過我一想到一小時半後得接受的「試煉」，就緊張得想上廁所了。唯一的救贖，就只有我眼前遼闊的天空美景。

7. 召喚術師，受到遠古之死溫柔對待

「以前的召喚術師，做事會不會太誇張了。」

「我小時候曾經從地面仰望過墓園……沒想到墓園側面竟然長這樣，未免太恐怖了吧。」

第一次親眼見到「空中墓園」，才知道這是個超乎我們想像的恐怖地方。

一般人提到墓園，多半會聯想到樸實莊嚴的氛圍。如今在我們眼前的，是一座浮在三千梅傑爾高空，裝載無數魔法炮臺的巨大要塞。

首先墓園的中央，是一個蓋在平面上的半球體，而半球體的周圍，則連接了八座縱向延伸的六面體，看起來有點像是某種豪華的燈飾。

墓園的整體大小，大概和一個小鎮差不多。

半球體上帶有綠色，似乎是長了草地，還能看到幾棟方方正正的建築物。

但真正的癥結點，就在包圍著半球的八座六面體。

六面體的六個面上，冒出了大量的炮塔，估計一個面上就有三十門炮塔，而六面

體總共有八座……因此炮塔總數，至少也有一千四百四十門以上。

我從這些炮塔上，感受到一股無窮盡的執著之念。

不知這是針對盜墓者貪圖墓園寶物(artifact)的怒意，又或是召喚術師聯盟害怕，好不容易戰勝的邪龍復活後重返人間。總之我唯一明白的，就是接近墓園的我們，全都被當成敵人。

現階段——圍繞在「空中墓園」旁的召喚術師，沒有任何一人能夠突破這片火網。

無數炮塔，三百六十度無間斷地放出破壞光線，擊沉了一匹又一匹背負著召喚術師的有翼召喚獸。

「呃，露露亞他們在——找到了，還在飛……原來如此，就連露露亞的光盾(Holy shield)，在墓園面前都跟紙片沒兩樣。這樣看來，開擋箭牌硬衝進去似乎是下策。」

「費爾你看，薩沙的塞西莉亞在那。」

「那還用說，就算是薩沙，沒用上大天使，也不可能在這狀況下回收脫隊者。」

「不，我只是覺得真虧她能趕上。」

「這、這個嘛，她為了追上前方隊伍，應該是加速趕過來吧。」

「……好快，她把墓園的炮擊全部閃過了。」

「薩沙的大天使，可是具備了快、硬、強這三大要素。不過單論速度，澤魯格可是不會輸牠，說不定還能占上風。」

「哼哼，你可真會拍馬屁啊。」

「這才不是拍馬屁，我們這次要闖陣，可是得全靠西里爾的澤魯格好嗎？」

「少來了，能不能闖過得全靠費爾好嗎，至少我和米菲拉都是這麼想的。」

「……費爾應該努力到噴鼻血為止。」

聽了西里爾和米菲拉的話，我只好吹口哨代替苦笑。一想到墓園炮塔將對著我們，我就快喘不過氣了，我甚至根本沒想過要來挑戰這裡。

「沒辦法，我們上，西里爾、米菲拉！」

仍在攻略「空中墓園」的召喚術師，只剩下一半左右。

有些人灰心喪志地逃了回去，也有人召喚獸被擊沉，最後被薩沙的大天使所救。

隨著脫隊者增加，對剩餘挑戰者的炮火也越發猛烈，已經沒時間在一旁乘涼了。

「就照事前計畫行事！再怎麼怕也別停下來啊！」

我的話一說完——龍的屍體便一口氣提升高度。

我們俯視著墓園繞了一圈，或許是因為距離較遠，炮塔只射了三、四發炮擊威嚇。

然而，即使只有三、四發。

「好可怕！露露亞那傢伙好強啊！虧她能擋下這種攻擊！」

炮擊的破壞力之大，讓快哭出來的我，忍不住傻笑起來。

我緊咬牙根，壓抑住膽怯，接著看準炮塔改變射擊目標的時間點喊道：「拜託了米菲拉!!」

隨後，巨大的黑龍用力扭動身軀，將頭低下。

用力振翅提高初速後，就將身軀交給風和重力。

須臾之間，我們的速度提高到無法呼吸——只可惜遲了一瞬，我們闖進了破壞光線的風暴之中。

五秒鐘。

雖說是屍體，但天空霸者——龍的巨大身軀，僅僅五秒就被解體了。

接下破壞光線的黑鱗整個被彈飛。

被光線貫穿的部位開了個大洞，露出碎裂的肉片。

處處破損，根本看不出原形的黑龍頭部，從我們頭上滾過。

摺疊起來的翅膀，被擊穿根部、拋到空中，接著受到炮火集中攻擊，化成了碎末。

——我只祈求不要死在這。

周圍天空滿是黑龍肉片，好似落在墓園的雪花。

最終，破壞光線瞄準我們緊抓的肉塊——就在此時，我聽到了猛獸的咆哮，一股龐大的力量拉扯我的外套背部，視界天旋地轉。

「劍虎王澤魯格。」

一隻不可能存在於天上的巨大四腳獸，運用母貓搬運小貓的方法，用力銜住我和米菲拉兩人的外套。

只有西里爾一人坐在澤魯格背上，他兩手緊握澤魯格略長的體毛，盡力壓低身子、駕馭巨獸。

緊接著。

「奔馳吧吾之靈魂！澤魯格！」

澤魯格有如在大地疾馳，灰色身體長出的無數銳角，劃破了空氣。

澤魯格沒有翅膀。

這隻巨大老虎的立足點，就是剛才撒在天空的巨龍屍塊。

牠用著在人眼底會出現殘像的超高速，不斷左右閃躲、向墓園推進。

「我、我，無法呼吸……嗚、」

「費爾你忍著點，不要暈過去了。」

澤魯格在空中劃出鋸齒狀的軌跡，閃過數十道破壞光線。

即使是「空中墓園」，也無法捕捉到『落雷』。

比起攻擊澤魯格，一一消除牠的立足點，才是更簡單的做法。

而操作「空中墓園」炮塔的某人，似乎也打著同樣的主意。下個瞬間，破壞光線齊射，將巨龍屍塊一一擊落。

西里爾大喊。

「費爾！輪到你了！」

被甩來甩去，差點就噴出鼻血的我大喊：「可惡！來吧蟲群！」接著集中魔力在眼前的景色上。

這是無需詠唱的速效召喚術，雖限定只能召喚些難度低的召喚獸，魔力消耗也有夠多，但總之就是快，幾乎是和思考零時差就能召喚出來。

頓時虛空湧出大量羽蟲，數萬隻的小蟲結成一塊，成為澤魯格下一個立足點。

「連發會死人好不好！」

澤魯格跳躍後，必須馬上將羽蟲群送還，重新在下一個地點召喚出來，畢竟羽蟲的飛行速度，不可能跟得上澤魯格的神速。

雖然時機多少會有些落差，不過澤魯格會幫忙處理。我不斷往澤魯格的去處送上蟲群組成的飛石，整個人忙得頭暈眼花。

「費爾！召喚速度變慢了！」

「我知道！西里爾你先閉嘴！」

期間仍不斷射擊的破壞光線，轟中澤魯格踩過的蟲群，半數羽蟲灰飛煙滅——老實說，根本不痛不癢。

我的召喚獸是「蟲群」本身。就算消滅了一半，也等同於無傷。只要送還回去、再次召喚出來，蟲子數量便會恢復。

幸虧先讓龍從高空急速落下，賺取不少距離，我們只差一點就能到達墓園草皮，甚至都能清楚看見雜草隨風飄盪的模樣。

根據我們的推估，只要有立足點，憑澤魯格的速度，絕對能一邊閃過墓園的炮火，一邊降落。

「好難受——這可真累人啊……！」

魔力使用過度，害得我眉心和太陽穴隱隱作痛，股間也縮成一團，就連腿都嚇軟了。一瞬間，我感到視線模糊，頓時周遭景色一片漆黑，視野更是一口氣變小，心臟更是打從一開始就跳個不停。

到底還有多遠!?還得施展多少次速效召喚，才能脫離炮塔的射程!?

在這邊失敗就沒命了，即使薩沙的大天使在場，也無法趕到這麼遠的地方救人。

我們的未來，就只有抵達墓園，或是在此喪命兩種選項。

我一心只想著讓「終界魔獸潘多拉」動起來，才會來到「空中墓園」。不過，要是為了這個目的而喪命，也未免太蠢了。

在魔力枯竭、意識逐漸模糊之下，我不禁思考了這些事。

我和西里爾、米菲拉討論後，決定今天的挑戰，如今我卻後悔了。

於是我在心中默想：「吵死了，我說要做就是要做。」並從外套上緊緊握住絕不離身的頸掛錢包。

我毫無血色、聽不到丁點聲音的耳朵，忽然聽到了細微的硬幣碰撞聲。

這個瞬間，我心中孕育出的負面能量，憤怒、不悅、失落感。

化為我施放最後一次召喚術的燃料。

「我絕對!!再也不幹這種蠢事了!!」

我發自內心嘶吼，隨後，羽蟲形成的立足點出現——澤魯格腳蹬踏板加速，閃過了側面射來的破壞光線。

「成功了費爾！已經夠了！」

要是西里爾沒大喊，我說不定又會施放召喚術，到時候我不是腦袋血管破裂，就是心臟爆炸吧。

粗魯的著地，應該就是澤魯格提到最高速度的證據。

牠前腳一碰到柔軟的草皮，便甩頭將我和米菲拉往旁一丟，西里爾則靠他超群的反射神經跳到地上，才能躲過跟著澤魯格連滾帶爬地撞向地面。

我趴在草地上縮成一團，「呼、呼——！嘎哈——」地大口喘息，就像是全力奔跑後缺氧，根本沒空管著地時滑落的疼痛。

「做得好！你太強了費爾！我還真以為這次完蛋了！」

「連續召喚三十六次，應該是前無古人。」

西里爾和米菲拉拍拍我的背說道，只可惜現在的我比起稱讚，更想要氧氣。

實際上，魔力使用和跑步之類的全身運動幾乎相同，只要使用一定程度以上的力量，心肺就會渴求氧氣，而肌肉做為人體魔力的儲藏庫，也會跟著疲憊。

「呼、呼——嘖哈、呼、哈——哈、啊——」

「慢一點！費爾呼吸放慢！集中精神吐氣就好！沒事的！炮擊不會攻擊我們！」

我連手指都在發抖，根本無法動彈，但我仍擠出最後一絲力氣，轉身躺下。

然後——眼前所見的，是無比清爽的開闊晴空，有太陽、流動白雲，以及剛才不斷炮轟我們的六面體建築之一。

……看來我們是著地在墓園偏角落的位置。

「澤魯格也很帥氣，讓我摸摸你。」

「別這樣，澤魯格，去舔舔費爾的臉吧。」

剛才只能不斷貪圖空氣的我，終於恢復到能聞到充滿鼻腔的草香，而巨大的貓科動物——劍虎王澤魯格，則在我身旁，盡情舔拭我的頭髮玩耍，我仰望著天空嘟囔道。

「……終於到了。」

「是呀，你們確實抵達了。」

此時，突然傳來了陌生的少女聲音。

我無力站起身來，而西里爾和澤魯格瞬時做出反應。澤魯格站向前，發出了響徹天空的猛獸威嚇。

我的身體雖然如烏龜般沉重，仍用最快的速度爬起身來。

幸虧西里爾幫忙，我才能勉強站穩——前方草原，距離十步左右的地方，有一位穿著白色露肩洋裝的少女，雙腳張開站著。

「歡迎來到澤雷梅空中墓園，你們這幫愉快的玩命之徒。」

那是一個看似十二、三歲的黑長髮美少女，但他的表情卻十分地不協調。

他臉上帶著愉悅和戲謔之心參半的奸笑，那樣的笑容，就好像只有看透社會的悲歡離合，且個性乖僻又老奸巨猾的人，才有辦法展露出來。

我馬上就察覺黑髮少女的真實身分，於是用疲倦的聲音問道。

「你就是死精靈托瑞？」

「正是。」他立刻笑答。他沒有責備闖入墓園的我們，而是閉上眼睛，享受迎面吹來的風，接著嘲弄道。

「應該有二十年了吧，好久沒有活人能站在那些傢伙的墳前了——好了，把那隻大貓收起來，誠心膜拜我吧。」

「……你認為我們會放下戒心嗎？我們剛剛才差點被殺死耶。」

「被殺？啊啊——那是當然的，創造這裡的澤雷梅，是個耿直過頭的男人，他甚至發下豪語說過『不知天高地厚的傢伙都該去死』。」

「原來如此，那麼我們就是那些不知天高地厚的人吧，剛才確實差點死得轟轟烈烈。」

「我想也是，像是在外頭晃來晃去的大天使——起碼要叫出那種等級的召喚獸，才有資格參拜這個墓園。」

「所以呢？死精靈托瑞要親自把不請自來的客人攆出去？」

「不，我什麼都不會做啊？」

「啥？」

「我不會妨礙、也不會幫助你們，如果想挖墳就請便吧。只不過墳墓裡的警備裝置，不是外頭那些防禦網比得上的。」

我和西里爾面面相覷，並在同一時間歪頭納悶。

西里爾或許是不想得罪大精靈，於是想將澤魯格送還回去。我馬上制止他，並提了一個問題。

「……你不是這個墓園的守墓人嗎？」

「不，我可不是那麼勤奮的勞動者，我只是在這裡隱居罷了。想睡就睡，閒來無事便冥想沉思，心血來潮時也會造訪人間。」

「呼哈～～～」話說到一半，他忽然打了個呵欠，也不遮住嘴巴，直接讓我們看到喉嚨，打完呵欠後，便輕輕拍了拍臉頰。

那模樣，就像是一個「休假的大叔」。

他面對澤魯格和三名召喚術師，也毫無緊張感。

「我純粹是因為看到有趣的傢伙，才來打聲招呼。如果進來的不是你們，而是大天使的飼主，那實在太平凡了，我根本就不會出來。」

我們被黑髮少女——死精靈托瑞毫無防備的氛圍所影響，漸漸放下戒心。

「如果托瑞想動手，我們早就死了。」最終讓我們解除警戒的，是米菲拉的這句話。西里爾將澤魯格送還回去，這次我沒有阻止，接著小聲與他交談。

「傳聞到底是傳聞，誰說他很難搞的，根本就很通情達理啊。」

「才不是好嗎，純粹是我們吸引到他注意的這個情況，根本就是奇蹟。」

「意思是因為他都不現身，才說他很難搞？」

「也有可能認為這裡的防禦系統，全都是精靈在操控的。」

轉頭一看，米菲拉走向托瑞，細細端詳了死精靈憑依的肉體，接著說了一句。

「好漂亮的身體。」

「不錯吧，這是我千年前撿到的，是個經歷悲戀後尋短的小姑娘。」

我靠著西里爾的肩膀走向前，並對瘦小的托瑞打招呼。

「能見到你真是太好了，不枉費我們賭命前來。」

「哦？你們竟然是來找我這老傢伙？你們也真是奇怪啊。」

抬頭仰望我的美麗少女，露出了只能窺見單側牙齒的奸詐笑臉。

「報上名來。」

「我叫費爾．弗納夫，他是西里爾，可愛的那個是米菲拉，我們是拉達馬庫的學院生。」

「既然是學生，有問題請教老師不就得了，難不成你們想聽我講古？」

「我們想知道死精靈的極限。」

「什麼？」

面對我過於直接的問題，托瑞瞬間改變了眼神。

這麼問或許會得罪偉大的大精靈，但我實在不打算扯太多前言，我從懷裡取出小本皮革書，隨便翻開一頁拿到托瑞面前。

「我的『分身』是魔獸潘多拉的屍體，我想讓牠動起來。」

當我說出潘多拉——上古時代與眾神交戰的大魔物之名，托瑞瞬間便提起了興趣。他愣了半餉後，用極其快速、細微的聲音，一口氣把書中的文章念出來。

「————————」

那是我從未聽過的語言，看來我根本念不出來的文字，也難不倒托瑞這種等級的大精靈。雖然好奇上面到底寫了些什麼，但這並不是我們找他的目的。

「這確實是關於潘多拉的記述……這是真的？人類真的有辦法召喚潘多拉？」

即使托瑞因驚訝發出顫抖的聲音，但我實在無法老實感到高興，只能自然露出苦笑說。

「是被神殺了沒多久後的潘多拉就是了。」

「牠動不了嗎？」

「一根指頭都不會動。」

聰慧的死精靈光聽這些話就察覺到概況，深深吐了口氣說：「所以你們才想知道死精靈的極限，既然事情牽扯到潘多拉，我也無法責備你們的無禮。」接著緩緩露出微笑。

他自然地牽起我的手，往前邁步。

我少了西里爾的支撐，只能隨著托瑞前行，還好勉強能踩穩腳步。

「我曾經仰望過生前的潘多拉。當時我被根源精靈創造出來，還被牠牽著走路，就像現在的你一樣……潘多拉比任何神祇都雄偉，就連山脈被牠一踩，也會像黏土一樣踏平。牠還是個沉默寡言的傢伙，女神和妖精們對牠死纏爛打地求愛，牠總是露出困擾的神情。」

想起往事的托瑞，露出了溫柔的笑容，相信這些對他而言，都是不錯的回憶。

西里爾和米菲拉跟在我們後頭，守護墓園的炮塔發出破壞光線，完全沒有聲音和反動，導致周圍十分安靜，連踩草皮的聲音都聽得一清二楚。

「在神話裡，潘多拉是成為魔獸妻子的女神——帕拉的舊名。」

「誰都不知道那隻魔獸是何時存在的，當時他連名字都沒有，帕拉那個蠢貨，就硬是把這個名字塞給他。」

「那你知道『諸神時代』是怎麼終結的嗎？」

「這個嘛，天曉得呢？我只是剛好活過那個時代罷了。」

「教會流傳的神話結束得太過突然，追求主神寶座的潘多拉，向眾神發起戰爭——最後被擊敗了。」

「那都是過去的事了，人類知道神的歷史有何意義？」

「……我想知道搭檔是怎麼死的，這樣算是傲慢嗎？」

我為了解開托瑞的戒心，說出了肺腑之言，隨後兩人陷入許久的沉默。

歷經歲月洗練的大精靈，最終以一本正經的聲調對我說。

「牠並沒有死得不名譽。牠不是受到慫恿，也不是被半點屁用都沒有的虛名蒙蔽雙眼，這一點，我托瑞可以保證。」

「這樣就夠了，接下來，只要知道怎麼讓潘多拉動起來就好。」

這時，牽著我手的托瑞，突然停下腳步。

這裡有什麼東西嗎？我看向周圍，卻沒發現任何墳墓或是建築，而托瑞轉過頭來，目不轉睛地看著我的臉。

「話說回來，費爾．弗納夫呀，你就是所謂的窮苦學生對吧？」

「——!?」

出乎意料的臺詞，令我瞬間將手縮回。

我立刻就知道他偷看了我的過去，像托瑞這樣強大的死精靈，光是碰到手，就能輕而易舉地讀取所有記憶。

雖然我打從一開始就知道——托瑞握住我的手肯定是有所打算。

我並不是感到厭惡才收回手，而是純粹想著「他真的讀了我的記憶!?」並被這第一次的體驗嚇到。

「抱歉抱歉，我只是有點好奇，為什麼潘多拉會成為你的『分身』。」

托瑞雙手收到腰後笑道，看他的樣子，我的反應並沒有讓他感到被冒犯。

「那麼我和神話中的魔獸，有什麼共通點嗎？」

「嗯呵呵呵～」托瑞沒有明白回答，只是露出了壞心眼的微笑。他撩了自己的過肩黑髮，用著充滿餘裕、彷彿看透森羅萬象的表情說道。

「就當作是偷看你記憶的賠罪吧，我回答你的疑問。」

這真是求之不得，要是能向死精靈托瑞尋求關於潘多拉的建議，要看多少記憶都行，畢竟我們就是為了這件事，才專程來到「空中墓園」。

我靜候托瑞的解答，緊張得快要死掉。

「即使是我，不，哪怕是創造我的根源精靈，也無法操縱你召喚出的潘多拉。」

令人絕望的話語，瞬間使我雙腳乏力。

「不過——牠並不是絕對無法動彈。」

托瑞咧嘴一笑，表示仍留有希望。「費爾，你聽到了嗎!?」西里爾拍打我的背，腦中一片空白的我，不經意向前傾倒。

就在差點跌倒之時，托瑞把我接住。

「搞什麼啊，真是沒用的孩子。」

「沒有啦……這幾天的心境，真的是生不如死。」

千年前死去的少女遺體沒有一絲腐臭，甚至還帶有花香。

想快點知道答案的我，抓住托瑞的雙肩，直盯著他的臉提出疑問。

「那麼，方法是什麼？」

「這我就不能說了。」

他奸笑秒答。反觀我，因期待而上揚的嘴角頓時固定住。

「你不是學生嗎？自己想想吧。」

好不容易知道有讓潘多拉動起來的方法，卻不直接告訴我答案，反而讓我更加煎熬。「哪有這樣的……」我失望得直接在他面前說出喪氣話。

或許是意志消沉的我戳中他笑點，托瑞竊笑不止。

他用食指戳了我的額頭後——突然就瞬間移動不見了。

才剛察覺他從眼前消失，下個瞬間，托瑞就坐在我的肩膀上，雖能感覺到他屁股的觸感，卻完全沒有重量，就像是浮在肩上。

「費爾．弗納夫，答案早已存在於你的心中，就差你有沒有察覺到。」

當我一轉頭——他又瞬間移動。

這次變到西里爾頭上，他站在天空俯視著我。

「過去，魔法只有我們精靈和部分野獸能夠使用。」

接著又瞬間移動到米菲拉面前，他將手伸向米菲拉的臉，揉捏她柔軟的臉頰。

「曾幾何時，人類得到了魔法的力量——並一心只想著讓自己更加強大，最終魔法迅速發展，甚至出現了與主流完全不同的使用方法。」

或許是因為米菲拉完全沒有抵抗，托瑞揉捏的手根本停不下來，他一面回頭看向我，一面忙著享受柔軟的臉頰。

「這不是什麼大不了的事，而且你們把潘多拉想得太特別了。除了死掉之外，牠跟其他生物沒有任何不同，只要別忘記牠也是生物，答案馬上就會浮現。」

「……………………………………原來如此。」

我當場盤腿坐在草地上，並將手肘靠在膝蓋，手撐下巴。

用著上半身前傾的難看姿勢，陷入思考之中。

潘多拉到底只是生物——

為什麼這幾個月，我都沒有想到這件事？

自古以來的神話，以及牠的擎天巨軀，讓我擅自將牠神格化，最後我的思考走入死巷，完全沒想過搭檔本身的事，我是傻了嗎？

「學習魔法十幾年了，還是一點長進都沒有……」

我回想起在村子裡當魔術師的母親，以及她還活著時的事。

我剛學會魔法時都做了些什麼？我應該做了些殘酷的惡作劇，當時我總是在嘗試，用著不純熟的魔法能做些什麼。

——在家附近的水池用電擊魔法捕魚。

——為了嚇欺負我朋友的孩子王，我在草叢藏了大青蛙的屍體，並施展了定時型的電擊魔法讓牠跳起。

「真是個死小孩。」

事到如今，我才感謝村子裡的大人，謝謝他們在我每次施展魔法惡作劇時，都會用鐵拳教訓我。雖然那是個連名產都沒有的貧窮村落，但這些經驗，卻是含金湯匙出生的人所無法擁有的。

「看你的表情，似乎是明白該怎麼做了。」

托瑞嘴角上揚看著我笑道。

「我都想下跪親你的腳了。」

我搔了搔後腦苦笑說道。我之所以高興，不光是因為找到了癥結點，雖說是多虧有托瑞給了意見，可我沒想到，這麼快就能想出方法……實在有夠尷尬。

「呵呵呵呵，雖然想叫你馬上來試試看，但你可別在這召喚潘多拉喔？墓園會承受不了重量墜地的。」

此時托瑞將視線慢慢移向墓園外，我們也跟著眺望外頭，這時才終於發現，六面體建築停止炮擊了。

不是因為沒子彈，而是飛繞在墓園周圍的召喚術師們開始撤退了。

「最近的年輕人真是沒用啊。」

「誰叫墓園的炮擊火力太強了，那到底是怎麼做出來的啊，就連龍的屍體，也只花幾秒鐘就轟成灰了。」

「費爾你看，露露亞沒被擊落。」

「就算利用召喚獸的力量強化光盾(Holy shield)，也無法挺過那砲火衝進來啊。」

「……露露亞沒有成功，而我們卻做到了。」

「我們的方法可是得賭命啊，回去之後，薩沙或老師八成會狠狠罵我們一頓。」

到了現在，我們才終於感受到，自己達成了多麼艱難的課題。

而且還見上了死精靈托瑞，也不枉費我累得像條狗似地……事情太過順利，反而讓我有點害怕。

「好了——」

細細享受完柔嫩臉頰的托瑞，終於放開米菲拉，接著背對著我們，獨自走向墓園中央。

他的腳步十分緩慢，似是叫我們跟上去。

「到傍晚墓園就會經過拉達馬庫，你們可以趁現在參觀這個飛天墓園，或是要挑戰尋寶看看？我能告訴你們進去墓地的入口喔？」

疲憊不堪的我與西里爾對視，接著望向托瑞纖瘦的背部苦笑說道。

「饒了我們吧，我們魔力早就用光了。」

「您看過他的記憶應該知道吧，這個男人，絕不會偷別人的東西，就連被人請客的恩情，也得一一還清才甘願。」

西里爾這傢伙，又給我多嘴——不過托瑞似乎完全同意他的話，一整個開懷地笑了起來。

「噗哈！哈哈哈！」

他仰望藍天高聲大笑，並停下腳步看向我們，三日月型的眼瞳，闡述著他心中的愉悅。

「看你也不是主張清貧，窮人總是會有些莫名的堅持，不過嘛，我並不討厭。」

我用手肘頂了西里爾。

「我這樣就足夠了啦，打從我老爸死後都是這樣過的。」

我雙手插進外套口袋中，不滿地嘟嘴說道。

「正因為我沒錢，受人恩惠反而會落人口實，偷東西更是做不得，那麼做會對不起我的親人，他們可是死命工作，才有錢供我學習魔術。」

我像是說給自己聽一般，自言自語地嘟囔著。

托瑞似乎是聽到我的碎念，接著回覆我說：

「你是個溫柔的孩子，費爾·弗納夫。在這死人無法復生的世界，要持續報答亡者是一種難能可貴的情感。」

我沒見過自己的祖父母……如果有爺爺奶奶，說不定就是像他這樣的人。

我不禁想著，過了今天，我或許再也見不到他，不過若是為了來見托瑞，要我再來這裡掃墓也是不錯。

「賴爾和蘿塞兒，真是養了個孝順的孩子。」

好久沒聽到老爸跟媽媽的名字了。

自「諸神時代」便存在的死之大精靈，在這著名的飛天墓園裡說出兩人的名字，光是如此，就有種特別的哀悼之情，真想親口問問爸媽聽了有何感想。

陣陣寒風，喚起了我心中的寂寥。

8. 召喚術師，從右手開始

「費爾，有看到畫面嗎？」

頭上傳來了西里爾的聲音，而我確認投影在牆面上的畫面。

「非常完美！就維持這個高度！我要看牠的全身！」

我抬頭向上方看，陽光自天花板的大裂縫中照進來，天空中有個活動的人影——召喚大鳥的西里爾，正用魔法將外頭的畫面傳送過來。

我們昨天剛從「空中墓園」回來，就被人海團團包圍。

無法突破破壞光線而逃回家的那群人，一同鼓掌迎接我們，說我們是睽違十多年的墓園攻略者。

聽到消息的同學，在吃飯時湧了上來，又是問我們有沒有挖到墓園的寶物（artifact），又是問有沒有見到死精靈托瑞。

而薩沙見到我們賭命衝進去，突然就把我們叫進教室裡狠狠刮了一頓。

「你們把自己的性命當成什麼了？那樣做我要怎麼去救你們？就算要逞強，也該有個限度才對。」

上一次跪在地板上聽人說教，已經是老早以前，惡作劇被母親罵的時候了。

我一回去就倒頭睡得像灘爛泥，隔天——也就是今天，我從大清早就心神不寧。

正好星期天沒有課，我吃完早餐就召集另外兩人，「魔力恢復了？」「當然，我已經很久沒好好睡上一覺了。」接著我們就飛往阿戈納山麓召喚潘多拉。

我在無人的大荒野召喚出潘多拉。

就這麼到了現在。

「費爾，還沒好嗎？快點，快讓我看。」

「妳別催我啊，這邊應該不錯，這個像膜的東西破了，能把手伸進去。」

我和米菲拉，正位在潘多拉的頭裡，這不是比喻，我們倆真的是從頭蓋骨的隙縫中進入內部，我們的雙腳，就踏在牠灰色的巨大腦漿上。

原本頭蓋骨內應該塞滿大腦，根本沒有人能進入的空間。

看來是最高神善的雷槌敲碎牠大腦的瞬間，讓大半腦髓蒸散掉了，潘多拉頭蓋骨內的空間，大概有教室一半大，高度則有十梅傑爾。

裡頭不光只有隙縫照進來的陽光，還有兩顆米菲拉投射影像用的光球飄在空中，所以意外地明亮。

「說起來，真不愧是潘多拉，和一般的生物差異真大。人類要是被敲爛腦袋，頭顱裡肯定是一片血海。」

「而且我們站的地方也不像是腦漿，比較像是有點軟的水泥。」

操作潘多拉時碰到的第一個難關，是關於視野問題。

我們進到潘多拉的頭部，根本無法看見外面，會使得操作上發生障礙，不過這問題馬上就解決了。

只要利用西里爾召喚出的鳥來放出畫面就好。

就跟學位戰的直播相同，我們全員使用影像投射魔法，就剛好讓潘多拉頭蓋牆面成了大螢幕。

「費爾！難道說已經動了嗎!?手指是不是稍微動了一下!?」

「還沒！只是你期待過頭產生幻覺罷了！」

在毫無光澤的白色牆面上映出的——是自上空俯瞰潘多拉的畫面，潘多拉一動也不動的模樣，我們這幾個月來看過無數次，甚至覺得看到膩了。

「等會兒我們數三二一！我要集中精神，先給我點時間！」

「知道了！結束後我們用紅茶乾杯！我就是用灌的也要讓你喝下去！」

「成功再說！」

接著我雙膝跪在潘多拉的腦漿上，米菲拉則在一旁觀望。

「不好意思啊，搭檔，這可能會有點癢。」

我小聲碎念，並將雙手伸進破損厚膜的灰色肉塊裡。

……整個冷冰冰的。

我將手埋到手肘處，深深吐了一口氣，將肺部空氣吐盡後，我又用鼻子吸入空氣。

空氣裡充斥著潘多拉的味道，是略帶有鐵味的氣味。

到頭來——電擊魔法才是我唯一能讓潘多拉行動的方法。

動物是藉由電氣訊號來讓身體行動，這件事在很久以前，醫生和學者們就研究出來了。而電擊魔法的魔術書，我也在兒時看過幾本。

話雖如此，關於大腦本身還有許多未解開的謎團，要將電氣流到大腦的哪個部分，才能讓身體行動這件事，至今還沒有徹底研究出來，所以這個方法才成了我們的盲點。

「費爾加油。」

「我知道，畢竟這是只有我才能做到的事。」

就算西里爾和米菲拉施展電擊魔法，潘多拉也絕對不會起反應。

但如果是魔獸潘多拉的「搭檔」——與牠的屍體有著深刻連結的我，對著潘多拉的身體施展電擊魔法，或許就能掌握讓牠行動的感覺。

…………………………

「三！」

既然潘多拉沒有靈魂，那由我來成為牠的靈魂就好。

「二！」

就算無法像生前那樣靈活自如，但只要能讓這如山一般的巨大身軀行動，那就已經是最強的了。

「一！」

下個瞬間，我集中全副精神施展了雷擊破（Thunderbolt）。我進入了潘多拉的腦神經，我能清楚感受到雷擊竄過一條條神經。

我們倆因此深深聯繫在一起——就像是有一隻極小條的蜈蚣在大腦裡爬來爬去。

操縱蜈蚣的人是我，覺得蜈蚣觸感很噁心的也是我。

既然如此，我就能差使蜈蚣移向手臂的肌肉，在這如迷宮般的神經，應該如何移動，我大概抓到訣竅了。

「這樣——如何、啊！」

我不由自主喊出聲來，然後直盯著頭蓋牆面上發光的影像。

——潘多拉的右手動了。

緊握五根手指的巨大拳頭，緩緩舉向空中。

「費爾！手臂！潘多拉的手臂動了！」

西里爾慌張喊道。

米菲拉愣愣地看著牆面上的影像。

至於我，直到這個時刻才發現……長時間施展電擊魔法其實挺累的。

9. 召喚術師，知曉雷蜘蛛之魔術書

「不行了——！到極限了！」

我乏力坐倒在地，氣喘吁吁地像條狗似的，我抬起頭來閉上雙眼，汗水如瀑布般流下，使我無法睜開眼睛。

「我又不是龍或是精靈，哪有可能連續三十分鐘施展雷擊破（Thunderbolt）。」

我脫去魔術師服說道。「雷擊破（Thunderbolt）耐久賽」果然是正確的，這感覺就像是無間斷地同時做伏地挺身跟深蹲。突破某個極限後還會變得更加難受，不只會喘個不停，全身毛孔還會瘋狂噴汗。

黑色的汗衫和棉褲都吸滿汗水，變得黏答答的。早知道不要一時興起挑戰自己的極限，至少先得準備換洗衣物才對。

上午的課程結束，我吃完午餐後。

來到學院校舍一樓的魔術練習室。

裡頭寬敞到能夠讓三頭龍躺著睡覺，這個天花板莫名高的圓形空間，是由能夠抵禦兩千度烈火的耐熱磚打造，地板則是堅硬的白土所製。

使用魔術練習室的只有我們三人。

西里爾和米菲拉，在遠處觀賞魄力驚人的放電現象，兩人看我停下，便走到我身邊安慰我道。

「五分二十秒，這樣已經很厲害了。」

「雖說你有壓抑出力，但雷擊破（Thunderbolt）也算是個大魔法，普通的魔術師施展一分鐘就會魔力枯竭。況且能讓潘多拉行動五分鐘，已經十分足夠了吧？」

我心懷不滿地回嘴。

「白痴喔，讓一根手指頭動五分鐘能有啥用。」

我搖搖晃晃地站起身，將丟在腳邊的魔術師服搭在右肩上。

「無法讓牠站立、跑步、毆打的話，就一點用都沒有。加上要讓牠全身行動，得同時使用好幾發雷擊破（Thunderbolt），就我剛才的感覺來看，最多撐個十秒，還只能讓潘多拉站起來，然後我就沒力了。」

「所以你才會強調三十分鐘啊。」

「至少要動上一分鐘，才有辦法讓薩沙的大天使吃上一擊啊。」

「行嗎？塞西莉亞可是很快喔？」

「西里爾教我怎麼近身格鬥不就得了。」

「你想讓潘多拉打拳擊喔，那可有看頭了。」

下個瞬間——魔術練習室的對開門打開，一群男人湧了進來。

「你可真拚命啊，窮人。沒錢的傢伙，光是練習魔法都得汗流浹背的。」

說話的人正是伯恩哈特・哈德切赫，他今天也頂著獨具特徵的愚蠢鴨子頭，後面那團人都是他的跟班。

這傢伙根本不知道我剛才做了什麼苦行，就在那邊隨意胡扯。

「你不是墓園攻略者嗎？只要把墳裡挖到的寶物（artifact）賣掉，不就有一筆財產了？——啊，我都忘記你什麼東西也沒帶回來。呀哈！真是可惜啊！本大爺難得想花高價向你買下呢！」

伯恩哈特雙手一攤，跟班們就配合他放聲大笑。

還以為這群蠢貨之前惹怒西里爾，應該會乖上一陣子，沒想到他眼紅我們攻略了「空中墓園」，又開始對我冷嘲熱諷。

這幾天，他時不時就會跑來找碴，實在有夠煩人。

然而——

「你們來給比賽暖身啊？加油。」

我沒理會他們任何一人，走向敞開的出入口。西里爾對我提案道：「要讓他們安分點嗎？」我嗤之以鼻笑答：「隨他們說吧。」

「我哪有空陪混帳少爺玩，現在最重要的課題，是電擊的持續時間，得想點好辦法解決才行，連續施放三十分鐘雷擊破（Thunderbolt），根本不是人類能做到的。」

「不需要顧慮威力？費爾施放的威力很弱耶。」

「只要選擇通往神經的最短距離，只需百分之一的出力就夠了。」

「費爾也太強人所難，那樣子根本不是雷擊破（Thunderbolt）了，況且將魔力調弱到那種程度，魔法根本無法發動吧？」

「所以我才傷腦筋啊，可是雷擊破（Thunderbolt）已經是最好調整出力的魔法了，偏偏雷屬性魔法，每一個都無謂地吃魔力。」

我一面和西里爾、米菲拉對話，一面離開練習室。這麼做或許會傷及伯恩哈特的自尊，但我才懶得理他，反正小少爺會打身旁的跟班出氣。

我們沒有一人回頭，確認伯恩哈特那白痴用怎樣的表情目送我們——便走出了魔術練習室。

晚秋的陽光照進走廊。

「你們倆接下來打算怎麼辦？要去觀摩學位戰嗎？」

「今天陣容沒啥好看的吧，我還得完成『封印魔法學』的作業。」

「也是，畢竟解除封印需要花不少時間。」

「西里爾跟米菲拉拿到怎樣的封印模型？我運氣超背，偏偏抽到阿索頓遺跡的入口。」

「這個嘛，費爾……我只能說很同情你。」

「那個封印數超級多，今天內能解除完嗎？」

就在我們悠哉散步閒聊時，突然傳來了聲音。

「費爾同學，費爾同學。」

我們三人聽到那毫無氣力的微弱聲音，便一起回頭看。

從粗大柱子並列的開放走廊走來的，是一位將白色長髮綁到後頭的纖瘦初老男性——即使沒看到臉，光看他身上的赤黑色魔術師服，就能立即辨別他是教師。

「正好，我有事找你們三個。」

他是「高等魔術學」的老師，也是我們一年級生的學年主任，學位戰的調整聯絡、生活指導都是由他負責，算是和學生交集較多的老師。

我們停下腳步轉向老師。

「下場學位戰的日程決定好了，我正打算告訴你們。三天後，你們和露露亞同學他們對戰。」

我們面面相覷，事情太過突然了。

畢竟跟學年第二名比賽，想不慌張都難。

「總之嘛，你們可小心別受傷啊。尤其是費爾同學，你老是會出些鬼點子。」

或許是因為沒體力又用跑的過來，老師慵懶地喘了口氣，露出微微笑容看著我說。

「靠費爾的速效召喚和『那些蟲子』，應該有辦法打出一場精采的比賽。」

老師完成通知，正打算調頭離開時。

霎時間，我腦中產生一個念頭，於是叫住老師：「老師，我有事想請教您。」

老師回頭，並用略帶喜悅的聲音回道。

「有問題嗎？不錯喔，你可真是認真。大概也只有你們和露露亞同學他們，會經常找我問問題了。」

「不過這個，不是關於課程的問題。」

「咦——？傷腦筋啊……我和妻子是相親認識的。」

「也不是尋求戀愛的建議。其實我，正在找魔力消耗極低的電擊魔法。」

一瞬間面露難色的老師，一聽到我的問題是關於魔法，便鬆了口氣。他雙手抱胸，思索我提問的意圖，接著提案道。

「降低雷擊（Thunderbolt）破的出力不行嗎？」

「還要更低，消耗魔力要更少，還要能做細微操作，最好是可以同時攻擊複數目標的電擊魔法。」

「……你又有鬼點子了？你局限要找電擊魔法對吧？」

老師聽了便提起戒心，而我只能無言苦笑。

「拜託別搞出事喔？每次費爾同學做了什麼超出常理的事，我們就得開教師會議吵成一團。你之前想脫薩沙同學衣服的那次，幸好學院長認同那方法很有創意，畢竟薩沙同學太強了，也不是無法理解你們的心情。」

即使對我們嘮叨了一番，但老師終究還是站在學生這邊。

「所以呢？你要問什麼？魔力消耗低、操作性高，還能瞄準複數目標的電擊魔法是吧？」

「是的，威力只要雷擊破（Thunderbolt）的百分之一就好。」

「你要找的魔法還真奇怪。不過嘛，在我所學的技術中，沒有這樣的魔法。」

「這樣啊……」

「這種時候嘛，還是拜託風精靈吧。電氣是他們的管轄範圍，即使是弱小的年輕風精靈，也能夠轉換電氣型態才對。」

「關於這點嘛，如果不是由我直接施展就沒有意義了，該說是無法讓其他存在介入嗎——」

「你這孩子要求可真多，等我一下。」

老師抱胸仰頭前後搖晃，這是他認真思考時的動作，課堂上也偶爾會見到。最終他停止搖晃，與我四目相對，刻劃在他眼角的深刻紋路、蒼白的纖瘦面容，都醞釀出了莫名的說服力。

「費爾同學，你聽過一種名叫托爾耶諾的大蜘蛛嗎？」

「沒聽過。」

「那是一種會在電氣上築巢的珍奇怪物，牠只要張了網，就能維持一整個夏天。」

「不是牠的絲帶電，而是在電氣上築巢嗎？」

「托爾耶諾的巢穴位於某個溪谷，那地方同時也是龍族的飛翔地。托爾耶諾以不具實體的電氣築巢，因此只有擁有電抗性的龍，能通過牠的巢穴。」

我無法理解老師在說些什麼——不對，應該說能理解語言的意思，但無法摸清為何提起這蜘蛛的事，害我只能「哦，是這樣啊」的含糊帶過。

雖然一瞬間感到不安。

「我在過去，曾看過一本名為《托爾耶諾克席恩》的魔術書，就是以這大蜘蛛命名的。那是一種能大量施放絲狀電擊的魔法，雖然每一道電擊非常微弱，幾乎只能稱作雜耍……而且這本魔術書，學院並沒有收藏。」

這正是我想找的情報，興奮之情和心中敬意不禁令我瞪大眼睛、笑逐顏開，成了相當失禮的表情。

「呵呵呵，看你這表情，代表我應該有好好完成教師的職責吧。」

10. 召喚術師，因末日醉客而困擾

「這是您點的炸雞塊！吃的時候請小心燙！」

裝滿炸物的大盤一送上桌，握著木製酒杯的男人們便興奮喊道「終於來啦！」接著每個人拿起叉子，將炸雞送入口中。「噗哈——這裡的炸雞太好吃了，有夠下酒。」杯中的啤酒轉眼間就快空了。

「小兄弟，啤酒，按人數上，拜託快點送來。」

「謝謝！客人點餐！」

我將空杯空盤收集起來，穿過塞滿客人的外場走進廚房。

「八桌，啤酒六杯！一桌的兌水酒馬上就好！」

「費爾！這個也拿去，十一桌！」

「收到！」

「這些傢伙怎麼都點些麻煩的菜！晚點跟他們多收錢！還有費爾，把伊莉莎叫進來！如果那群老頭敢有意見，就拿菜刀插在他們桌上！」

「收到！」

餐廳忙到連喘口氣的空閒都沒有。

我送上酒和料理後，就走向五名老齡常客的桌子，抓住棕髮巨乳的美女——伊莉莎的手，並將她拉走。

「不好意思時間到，小姐要回廚房了。」

我對著幾乎每天都會見到的紅臉老人們，露出諂笑說道。

「費爾！你這兔崽子，誰准你把伊莉莎妹妹給帶走的!?」

「拜託，別把她帶走啦。」

理所當然地，色老頭們怨聲載道。

我立刻敲桌喊道。

「少囉嗦！別光顧著摸看板娘的屁股，乖乖喝酒去！」

五名老人瞬間乖得跟別人家寄放的貓沒兩樣，他們將臉湊在一塊竊竊私語，簡直就像惡作劇完深怕挨罵的小孩。

「可怕，太恐怖了。費爾那小子，根本成了第二個老闆。」

「打從費爾向我們老婆取得了罵人許可，他整個就變了。」

「他春天剛進店裡的時候，明明就對我們很好啊……」

我邊從老人們的桌上回收空盤，邊嘆氣說道：「你們老婆馬上就會來接你們回去吧？要是被看見你們在討好伊莉莎，當心又被狠狠刮一頓，你們之前吃了苦頭還學不乖喔。」

我轉身離開老人們的座位。「費爾你看。」伊莉莎開心地指著敞開胸口的圍裙連衣裙——的乳溝部分。

「我收到小費了♪」

伊莉莎小姐將胸襟微微拉下，兩枚銅幣就埋在乳溝之中。

我見了只能皺眉回道。

「拜託妳工作啦，老大整個發飆了。」

「好——」

我的打工地點「大眾酒館・馬涎亭」，今晚依然是門庭若市。都已經進入深夜，客人卻遲遲沒有減少。店裡充斥著有如怒號般的談笑聲，以及酒味、油味、中年男人們下班後的體味。

伊莉莎小姐重回外場工作，我也回廚房幫老大忙吧——就在我如此心想，並快步走回廚房的瞬間。

「店員，打擾一下可以嗎？」

我被人小聲叫住。

「好的！請問有什麼事！」

我精神飽滿地轉頭回覆。

叫住我的，是名坐在店內一隅默默喝酒，年約三十、骨瘦如柴的男子，他身穿有著無數口袋的草葉色外套，看似是名旅客，雖然在貿易都市拉達馬庫，旅客也不是很罕見就是了。

「店員，你是在這城市長大的人嗎？」

「欸？不……我是從外地來的學生。」

「這樣啊，那太好了，就算你拋棄這城市逃走，也不會有所眷戀。」

男子手撐下巴，喝著店裡最烈的酒，以朦朧的眼神仰望我。

我只想著——這傢伙是在說什麼瘋話？但我無法對客人太冷漠，只好短短回覆「這樣啊」，並盡我所能陪笑。我實在想不到什麼有意義的話回答他，我猜這人八成是喝茫了，早早結束對話才是正確選擇。

只可惜這個男人，完全不顧我心中想法，開始自說自話。

「你知道嗎？這個城市馬上將迎接破滅，眾神的意志、憤怒，會把一切吞噬，任誰都無法違逆。」

「這樣啊。」

「告訴你一個祕密，破滅之鑰正握在我手上。當我握著那東西時，確實聽見神的聲音，所以我才來到這個城市。其實我正是盼望末日之神的使徒。」

「原來如此。」

「我現在呢，正在選定祭品。也就是要讓那東西吃下的神聖之物——既然要選，最好就選擁有歷史、純淨無瑕的祭品。關於這點，我已經有眉目了，但首先得想個辦法，欺瞞那些阻礙我達成使命的傢伙。」

「那可真是辛苦啊，是說你在這地方悠哉喝酒沒問題嗎？」

我感到不太對勁，這事我似乎在哪聽過，有什麼人在尋找某種事物的話題……我試圖撈起腦海裡的記憶，卻遲遲無法回想起來。雖說認真思考一下，應該是能夠想到，但我實在不想為醉漢的胡話動腦。

話雖如此……

「告訴店員你一件好事，當你在天空看到銀色時，就馬上逃跑，『美麗的存在』將開啟末日大門。不過到時用跑的有沒有辦法逃出生天，我就不知道了。」

這名醉漢的胡話莫名地具體，確實吸引了我的注意。

「費爾!!別再跟客人打屁了，快來做菜!!」

若不是老大從廚房探出頭來怒罵，我可能會繼續向這男人問下去。

「是！抱歉老大！」

我不禁被老大強而有力的斥責嚇到，現在還在上班啊，專心工作——我重新打起精神。

我低頭露出職業笑容，並遠離這遲遲不打算點餐的醉客。

「客人不好意思，我老大正在叫我。」

比起不知何時到來的世界末日，今天的工作來得重要多了，起碼大家都知道，不吃飯才真的會餓死。

11. 召喚術師，午後與公主同行

要尋找默默無名的魔術書，其實有個意外的好去處，那就是專門進一般書籍的大型二手書店。

魔術書都是由卡達古瑪塔文字這個特殊古代文字所撰寫，當今時代，能看懂卡達古瑪塔文字的，大概也只有魔術師或召喚術師。在術師死後，家人因不知如何處理他們大量的藏書，通常會選擇將魔術書連同一般書籍，一併賣給大型二手書店。

由於魔術書能以高價售出，大型二手書店通常不會賣給專門店，而是在店裡設立專區販售。至於冷門的魔術書，通常會遲遲無法賣出，最終成為滯銷品。

實際上，我也曾在街上的大型二手書店，發現自己找了三年的魔術書，最令人訝異的，是店家就直接把魔術書擺在架上賣。

而這次我要找的是《托爾耶諾克席恩》。

我從高等魔術學的老師那裡打聽到消息後，當天便跑到魔術書專門店，可惜卻沒找著。與我熟識的老闆也說從沒看過那本書——最後我決定，跑遍貿易都市拉達馬庫的所有大型二手書店碰運氣，要是這樣還找不到，就去找個人經營的二手書店。

「找不到啊……」

我將整個魔術書專區看了一遍，不由自主碎念道。

根據老師的印象，應該是黑色封面才對，不過魔術書多半都用黑色做封面，到頭來我只能一一確認書名，於是我再次檢查高度直抵天花板的書櫃。

就在我搔頭念著書背上文字時。

「請問——能稍微打擾一下嗎？」

忽然傳來一道微弱的聲音。

我轉過頭看，一位身穿白色連帽大衣的少女向我搭話。

她的帽兜整個把臉蓋住，無法看到她長什麼樣子，不過她微微低頭，身體縮成一團。

「呃，有什麼事嗎？」

為什麼找我攀談？我看往周圍，所見範圍內沒看到店員，即使瞥向櫃檯也是。

得知原由的我，默默等待少女提問，她直低著頭，看似相當不好意思。

最終，她下定決心問道「請問少女漫畫家，莉芙里茲的簽名會要往哪走呢？我聽說是今天在塔碧莎書店舉辦。」我聽完歪頭，真心感到困惑。

「啥簽名會？」

糟糕，她的話太莫名其妙，讓我一不小心用平常說話的方式回覆，如此內向的少女聽了，說不定會感到害怕。

我右手遮住嘴角，認真開始思考。

我對眼前這位被我嚇得肩膀一顫的少女感到歉意，她肯定是真心感到困擾，才下定決心向我詢問，此時我馬上想到。

「那個應該是辦在賣新書的店吧。塔碧莎書店分成賣二手書跟新書的兩間店。」

包覆少女頭部的帽兜微微一顫。

就結果而言，那不是因我回的話才造成的反應，而是她聽了我的聲音感到似曾相識。

「費爾・弗納夫。」

「怎麼是薩沙啊？」

反而是我為突然出現在眼前的美女驚呆了。

我不可能會看錯她，白金色的頭髮、紫色眼瞳，被他國吟遊詩人，歌頌為女神帕拉再世的美貌，除了薩沙外不可能有其他人。

將自身豐厚長髮收入白色帽兜裡的薩沙・席德・祖爾塔尼亞，用著訝異的眼神抬眼看我，她的神請不像平時帶有威嚴，而是有著與年齡相符的稚氣。

「為什麼你會在這……」

「我只是來挖魔法書的，我才想問妳怎麼在這，還以為是誰找我攀談呢。」

「我、我只是因為帽兜遮住看不清楚前方——」

「這樣啊，不過也好，換作是學院生以外的任何人發現妳是薩沙公主，肯定會當場昏倒。」

「哪有可能，即使是王族，也不至於完全無法來到街上。」

「……妳是瞞著大家出來的？」

「……是。」

她放低音量，視線不時瞥向周圍，我也自然而然地和她小聲說話。

「但我真沒想到妳會提起這些東西，又是少女漫畫、又是簽名會的。」

「這——」

我並沒打算消遣她，純粹是感到好奇才問，但薩沙的臉龐卻蒙上一層陰霾，我見了立即向她謝罪：「抱歉，任誰喜歡什麼東西，旁人都不應該插嘴才是。」

「妳有查過賣新書的店在哪嗎？」

薩沙微微搖頭。光是這麼做，就有一股甘甜的香氣，從她帽裡的白金髮中飄出。

今天的薩沙老實到讓人感到不自在，那個被譽為賢王的席德國王的三女、負責學院營運的王族、平時能輕易打垮我們的學院最強術師，到底上哪去了？

我打算為剛才的失言致歉，於是這麼說道。

「要我帶妳去嗎？這樣應該比妳走錯路來得好些。」

薩沙聽了頓時收起愁容。

「你不是為了找魔術書，才特地在星期天跑到街上嗎？」

她嘴上雖這麼說，卻再次用帽兜遮住眼眸，整個人看起來，像是等不及想馬上出發。

我一向前跨步，她便如同妹妹或戀人一般尾隨在後。這傢伙的距離感未免太近了吧——這話我實在不敢說出口，我忍不住露出苦笑，並盡可能表現得跟平時一樣。

「沒差，我本來就是趁打工前來逛書店，今天只是早一點離開宿舍。」

「我真是幸運，竟然正好碰見你，費爾・弗納夫。」

「真是的，妳出門就不能帶個同伴嗎？只要薩沙妳的請求，她們肯定會點頭答應……雖然我也不敢保證，妳跟她們不會在老街迷路。」

我們走出大型二手書店——穿過個人商店和民宅林立的小路，以最短的距離走向另一間塔碧莎書店。一路上，薩沙好奇地東張西望，我想，她大概也不可能會有機會再走這條路了。

小路上非常乾淨，一個乞丐都沒有。

「席德王國」這個大國，自古以來就設有濟貧院、免費醫院、職業訓練所等等設施，是個相當體恤人民的國家。雖說還是有貧富差距，但犯罪率是八大王國之中最低的，能有這種相對安全的道路可走，也都是拜薩沙的父親和祖先，那些和善誠懇的王族所賜。

「呃……這個，人好像有點多啊……」

「怎、怎麼辦？現在排還來得及嗎？」

我們看向塔碧莎書店的三層建築，看起來狀況明顯與平時不同。排簽名的隊伍豈止跑出店外，甚至拉長到隔壁三間商店之遠。

我實在不忍看到薩沙如此不安的模樣，於是走到隊伍尾巴，「請問，現在還有辦法拿到老師的簽名嗎？」並詢問整理列隊的書店店員。

「店員說現在勉強還能拿到，簽名前有個地方會先讓妳買書，在那買了新書就能簽名。」

「真的嗎!?謝謝你！」

薩沙抬眼看我，露出普通少女般的燦爛笑容，害我不禁為她的花容心動。別忘了，這傢伙可是毫無慈悲地擊垮我們的女人——我只能如此想著來保持心中平靜。

等薩沙到隊伍最後排好隊，我的任務也結束了。

「那我走了，希望妳能拿到簽名。」

不過——我不經意回頭一看，薩沙獨自呆站在人潮邊邊的模樣，實在看得我不禁發出了咂嘴聲。

「啊啊，真是拿妳沒辦法。」

我用力搔頭走回列隊。

「我陪妳排就是了，留妳一個不諳世故的小姐在這，我晚上肯定會做惡夢。」

她立即回覆道「我才沒有不諳世故」，我聽完哼了一聲。

「妳都跑去其他店家要簽名了，還好意思說。」

「……你不是要打工嗎？」

「今天是上晚班，時間到了我就會先走，妳不用在意。」

接著兩人陷入沉默。

我和薩沙交情並沒說特別好，不會像與西里爾和米菲拉相處時，陷入沉默也不會感到尷尬，更不像打工同事的伊莉莎小姐，能夠笑著聊些無聊的閒話。

經歷了三十秒的沉默，我終於痛苦到忍不住找話題聊天。

「……原來妳會看漫畫啊。」

「不行嗎？」

她的回覆冷淡且簡短。這傢伙——我們又不是吵架中的情侶，就不能回答得和氣點嗎，都弄得我有些火大了。

「我沒別的意思，只是我不會看這些東西，不是很清楚內容，作者是叫莉芙里茲是吧？她畫的是怎樣的漫畫？」

我壓抑心中火氣，心平氣和地回話，臉部被帽兜遮住的薩沙雖然有些戒心，但仍然回答我說：「……是戀愛漫畫，賣藥的少女，在戰場上邂逅王子，最後兩人慢慢被彼此吸引的故事。」

我抱著會被薩沙白眼的覺悟，略帶嘲諷地對她說。

「這根本是幻想吧，王子這麼罕見的生物，哪有可能路上走走就碰到。」

「才沒這種事，媽媽——咳，現在的席德女王，原本也只是個地方小貴族而已，命運這種事，可是很難說得準。」

「不過嘛，我覺得主角是賣藥少女這點，倒是挺不錯的喔？果然啊，人就是要腳踏實地幹活。」

「阿卡莎可不像你嘴巴這麼粗野喔？費爾・弗納夫。」

說完，我和薩沙同一時間笑了出來。

隨後薩沙終於放鬆下來，小小嘆了口氣說道。

「她是個非常努力的女生，讓看著故事的我，也忍不住為她操心，我還是第一次看到讓我如此入迷的漫畫……尤其是她在暴風雪中送藥的故事，看得我都想代替她受苦了。」

「噗哈哈，換作是妳的話，就算是零下百度也輕輕鬆鬆——好痛。」

我直率地說出心中感想，卻被她用手肘輕輕戳了側腹。不過剛才那的確是我不對，應該說她給了這記肘擊反而幫了大忙，不然兩人又要陷入尷尬的氣氛。

「我把書借你，你就試著看一遍吧。如果是你——應該會對阿卡莎的故事感同身受。」

「等召喚祭結束再說吧，最近有點忙。」

「……又想到什麼歪主意了？」

「天曉得，這次根據看法不同，可能會產生不一樣的感想，可能會有人說我耍小手段，也可能會有人笑我靠蠻力解決。」

「完全不懂你在說什麼，你不會又要亂來了吧？」

「天曉得。反正教會那邊，對學位戰發生的狀況一概不管。」

薩沙聽了這句話，便大致上察覺了狀況。「你的『分身』……原來是這樣啊……」

她似乎是聽懂了我的話中之意，微微點了點頭。

「該說真的很有費爾．弗納夫的風格嗎——不過，這點小事應該不必介意吧？不論你有怎樣的召喚獸，學院都不會否定你才對喔？」

「那我就竭盡所能大鬧吧，反正我也只會這個。」

不知道薩沙聽到教會兩字，想像到了哪種等級的怪物……十之八九，是想像了惡魔型的召喚獸吧。她肯定作夢也想不到，我的「分身」竟然是虐殺眾神，還與最高神善大戰一場的「終界魔獸潘多拉」吧。

「不過，看來你和『分身』之間總算是有了進展呢。」

薩沙看似開心地說道，我雙手抱胸，小聲回覆：「還算行吧。」這麼回答有點像在欺騙她，罪惡感刺得我的心有些痛。

「不用『分身』也能跟露露亞她們打得那麼精采，到了召喚祭說不定會有機會取勝喔？」

她提起了四天前的敗仗，我不禁苦笑。

確實我們和學年第二名的露露亞・弗麗嘉打得難分難解，但最後輸得實在心有不甘。是說妳竟然有來看比賽喔。

「上次那場純粹是靠西里爾的力量。」

「不過當時是你和米菲拉，壓制了露露亞的白龍。」

「就是因為壓制不住才會輸掉，當她們開始魔法戰時，應該早早落跑才對。」

現在回想起來真的是不甘心，老實說，那場比賽應該能打贏，直到結束前都是我們占上風，卻在最後的最後被逆轉了。

「露露亞她們應該也打得相當吃力。如果西里爾那邊能夠早點突破敵陣，說不定能夠取勝？」

「每次都依賴西里爾不是什麼好習慣，我們的隊伍有著過於明顯的漏洞，每次輸都是因為弱點被擊潰。」

薩沙對漏洞一詞產生反應，笑著說道。

「費爾・弗納夫的召喚獸太弱？」

這不是什麼需要隱瞞的話題，我嘴角上揚，語帶自嘲說：

「這件事豈止一年級，全學院的人都知道了。」

「不過你不可能就此認輸吧？畢竟都決定要參加享譽盛名的召喚祭了。」

「……是啊。雖說有輸有贏，但總算是拿到了門票。」

召喚祭——於每年十二月舉辦，三個學年，每學年前五名，總計十五支隊伍出賽，是沒有敗部復活的嚴酷單淘汰賽。

起源好像是某個一年級生挑戰上級生的非正規比賽，經過三百年後，如今成了舉全學院之力舉辦的祭典。優勝者可以拿到實技成績第一名外，還會附帶頒發一筆獎金。

「妳就好好期待當天吧。」

「我很期待喔，不知道你會怎麼達成我們之間的約定。」

約定？什麼約定？

我一時之間真的不清楚這是什麼意思，我開始挖出腦中記憶——浮現的卻是薩沙・席德・祖爾塔尼亞的裸體。薩沙公主的裸體上，只穿著一件單薄的入浴服，她的巨乳，穠纖合度的腰身以及大腿，都是如此性感……

回想起浴室那場邂逅的我，望向薩沙被帽兜藏住的臉龐，並切身感受到當時那個裸女，現在就站在自己身旁。

這麼說來……我當時的確大放厥詞要她在召喚祭等我……

「妳就等著看吧，即使是妳，也肯定會嚇得目瞪口呆。」

塔碧莎書店的排隊隊伍，行進速度十分緩慢。在我們之後，也有幾人打算要排隊拿簽名，但所有人都被店員鄭重回絕，只好意興闌珊地回去了。

「換個話題——電擊這類需要細微操作的魔法，妳都是怎麼施展的？會按照常規，發動前先創造魔力線嗎？」

既然身為學院學生，那說到打發時間的話題，魔法技術當然是最方便的選擇。不只無須為如何答覆費心，這還是個向學院最強的召喚術師請教祕訣的好機會。

「我喜歡在發動後，讓魔法從根部開始行動。牽魔力線雖然能提升精準度，但會增加魔力消耗，發動也會出現延遲。」

「又一個從根部開始行動的傢伙，米菲拉那傢伙也是這樣講，那是天才才有辦法做到的好嗎？」

「只要掌握訣竅就很簡單喔？任誰都能——雖不至於到這麼簡單，但我猜，你應該能做到。」

接下來的十分鐘，實在令我獲益良多。

以前向米菲拉請教魔法操作的訣竅時，她總會混些「咻」、「砰」之類的狀聲詞，讓我根本有聽沒懂。薩沙卻能將方法化作簡潔的語言說明。

這傢伙，連教人也是天才啊……

原本只是打算隨口問問，聽完卻產生得付她學費的想法。

沒想到薩沙會以專業的角度教導我魔術訣竅，害我「討厭讓人請客」的麻煩個性再次起了反應。

隊伍不斷前進，我和薩沙終於進入店內。

狀況就發生在這時。

當我們一腳踏進風格復古典雅的塔碧莎書店內，薩沙就瞬間變得與以往不同。她一語不發、雙肩緊繃到聳起。我偷偷從帽兜底下窺看，她的雙眼也游移不定。

「妳沒事吧？」

我悄悄地問道，她大力點頭表示肯定。

看了她的反應，讓我更加確定她真的緊張到不行。

我真不明白，這不過是場簽名會，與別人見面為何需要緊張。買書、與作者見面、讓作者在買的書上簽名，不過就是如此，對方又不會把妳生吞活剝。

我決定對薩沙伸出援手，並對她說道：「抓著我的衣服，我帶著妳走，直到妳定下心神。」

即使無法理解她緊張的理由——但起碼我知道，這件事對她而言就是這麼重要，體貼對待緊張的她，這點小事我還是做得到。

……過段時間再拜託薩沙借我漫畫好了。

這不禁讓我好奇起來，能讓一國公主樂上天的漫畫，到底是有多好看。

我們走上書店二樓。「您好，請在這裡購入最新一集——」就連招呼我們的店員，看到眼前身穿白色連帽大衣、用顫抖的手遞出紙幣的少女，也感到有些困惑。

「算我求妳，妳可別暈倒啊？」

「我、我知道……！我又不是小孩子……！」

名為莉芙里茲的漫畫家，此時已進入我的視線範圍之內。她外觀年約三十、身材纖瘦、一頭長髮束成一條麻花辮，身穿無花紋的白色毛衣和棕色開襟衫。她坐在靠著書店牆壁的長椅上，看起來毫無大師的架子。

「下位客人請往前。」

站在莉芙里茲老師身邊的店員向我們打招呼，終於輪到薩沙了。

這是我第一次參加所謂的簽名會——看來作者會在漫畫襯頁畫上角色，並附上書迷的名字。

我還以為薩沙會一個人過去，但沒想到她卻緊緊抓住我的袖子。「等等，我也要去嗎？」我逼不得已只能跟著走到老師面前。

結果——

「你們好，請多指教。」

看似和善的莉芙里茲老師，和眼神對上的我打了聲招呼。薩沙深深將帽兜拉下，跟座石像一樣一動也不動，完全派不上用場。

「我妹妹是老師的忠實書迷。真不好意思，她好像緊張到說不出話了。」

一個貧窮農家子弟，竟把名聞天下的薩沙公主當成妹妹，這是哪門子的笑話。話雖如此，要是大家知道薩沙・席德・祖爾塔尼亞微服參加簽書會，肯定會招致混亂。也會給這位漫畫家造成困擾——所以薩沙才會拉下帽兜，把臉跟頭髮藏住。

「謝、謝謝，她能夠喜歡真是太好了。」

莉芙里茲老師苦笑道。也不難理解她的反應，誰叫簽書會最後出現的書迷，竟然是帶男人一同前來的帽兜女。

「好了，快把剛買的書拿出來，妳不是要給老師簽名嗎？」

我一催促，薩沙便戰戰兢兢地將抱在胸前的書，遞給了莉芙里茲老師。

莉芙里茲老師雙手取過書後，面對著薩沙提問道。

「妳喜歡哪個角色呢？」

這是決定要在襯頁畫上哪個角色的重大抉擇。但薩沙依然害羞得低頭不語，妳這是在開什麼玩笑？

我維持笑容，在心中大喊「妳開什麼玩笑啊啊啊啊啊啊啊啊啊啊啊啊啊啊!!」

接著用力回想剛才和薩沙的對話，試圖憶起漫畫主角的名字。

「那個叫什麼——阿卡莎？畫阿卡莎可以嗎？」

帽兜大大地上下晃了兩次，似乎是正確答案。

「好的，我會盡全力幫妳畫上去。」

莉芙里茲老師只花了一分鐘，就把留著短髮、看似好勝的少女給畫好了，簡直跟魔法沒兩樣。旁邊的對話框則是寫上「謝謝妳的支持！」。

「那麼請問，她叫什麼名字呢？」

「她叫薩沙。」

「薩沙妹妹——跟薩沙公主同名呢。」

「就是說啊，真希望她能像公主殿下一樣端莊。」

「啊哈哈哈。簽好了，來，薩沙妹妹。」

最後莉芙里茲老師以流麗的字體，寫上了「給薩沙」的文字，這本書就成了只為薩沙存在，全世界僅此一本的簽名書。

「好了薩沙，跟老師說謝謝啊？」

她這麼悶不吭聲，實在對不起莉芙里茲老師。

經我催促後，薩沙才終於小聲說出：「……謝、謝謝老師。」並用了有如小動物般的迅捷速度，深深地點了頭。

我帶著手抱簽名書的薩沙走出店外。

塔碧莎書店外一如往常地人潮洶湧，完成工作的滿足感，令我不禁舒了口氣心想：「我終於走出來了——」

而薩沙似乎也終於恢復狀態，她用著害羞的神情抬眼看我。

「謝、謝謝你——費爾．弗納夫。」

我一語不發，粗魯地摸了摸薩沙戴的帽兜。平常這麼做，或許會因為不敬罪被抓去關，但誰叫直到剛才為止，這位公主成了我的妹妹。

12. 召喚術師，與夜晚的入侵者嬉戲

「嗚咕——？」

我翻了個身，卻被魔術書的書角刺到。

怪了，我直到剛才明明都在床墊上，看著魔術書《為了與惡魔對話的實戰魔術》才對……看來是不知不覺中睡著了。

我夢到薩沙、露露亞聯手和我們對戰。

就在我、西里爾、米菲拉三人即將敗北之時，我回想起過去在魔術書《托爾耶克席恩》學會的新魔法，最後召喚出潘多拉逆轉致勝——大概是這樣的夢。

我微微張開雙眼，一如往常的房間，被橘色燈光照亮。

光源是垂吊在天花板的蠟燭吊燈。

在老舊吊燈中發光的，是我用魔法點著的無熱火焰，我注入的魔力，大概能讓它維持兩小時。

直到深夜的酒館打工結束，回宿舍洗完澡後，是我僅有的自由時間。

火焰還沒消失，代表我沒有睡多久，頂多幾十分鐘。或許是因為沒有熟睡，身體反而覺得更累了。

「可惡……浪費時間了……」

我的房間裡沒有書架和床架，就連桌椅之類的東西都沒有。家具和寢具，就只有塞滿稻稈的床墊和毛毯，除此之外，就只剩下幾十本厚重的魔術書堆在地上。

而床墊和地板，被大量的筆記用紙淹沒。

我在讀魔術書時，會將在意的文章和想到的點子隨手寫在紙上。有些是為了記下文章而重抄一遍，又有些是潦草的魔法陣圖，或是將想法寫出來，譬如「將水屬性魔力吸收的可能性。應用於防禦魔法」。

我沒有時間重新抄寫成冊，只好把筆記原原本本地留著。

而我的眼睛……

「早說過進我房間要小心腳下了。」

看到一名少女被地板的筆記絆倒，狠狠地跌了一跤。她臥倒在地，小巧雙手和赤裸雙腳打得筆直。

她的身上只穿了一件男用的無領短袖襯衫，襯衫下襬掀起，露出了她白皙的大腿後側，所幸勉強沒有看到內衣。

看來我是被少女跌倒發出的聲響吵醒。

我嘆氣抬起上半身，對著少女帶有醒目呆毛的後腦勺說道。

「真難得啊，大半夜的妳跑來幹麼，米菲拉。」

霎時間，砰的一聲——米菲拉手撐地板，十分緩慢地站了起來，她的身上散發出一股不祥的氣場。

平時遮住她眼眸的長瀏海，被一個大髮夾隨便固定住。

她美麗的金色雙眸閃閃發光。

每當她緩緩地踏出一步，男用襯衫的下襬便隨之搖晃，使她的大腿若隱若現。從她的幼兒體型實在看不出來，她的大腿充滿了成熟的肉感。

慢慢地，米菲拉踏上了床墊。

「……裸體抱抱。」

她那恰到好處的豐滿大腿停在我的眼前。

蠟燭吊燈中搖曳火光的影子，映在她那稚兒般柔嫩的肌膚上。

我坐著抬眼看向米菲拉。

「…………」

金色眼瞳的超絕美少女，靜靜地俯視著我。

她的美貌，如同令人湧生保護欲的幼貓，有著擄獲男女老幼的魅力。

「妳……還真的是一個美少女啊。」

米菲拉有著閃閃發亮的渾圓金瞳、秀美直挺的鼻梁、潤澤的唇瓣，而她桃色的雙頰，泛著性感的潮紅。

我絕不是在偏袒自己人。米菲拉只要將瀏海撥開，就和薩沙・席德・祖爾塔尼亞一樣，有著被吟遊詩人歌頌為女神的姿色。

「菲爾，我要裸體抱抱。」

米菲拉舔拭唇瓣，妖豔地笑道。我秋冬時，會拿學院指定的魔術師服當作睡衣，她把手放在魔術師服的肩膀處，接著將手指順著肩膀滑向脖子、下顎，再往上滑向臉頰。

她的舉動，有如勾引男人的蕩婦。

「我都不知道米菲拉原來有發情期，這下得告訴西里爾才行。」

米菲拉這麼做其實有點癢，我將她的手指揮去，手卻反而被她抓住。她對我十指交扣，那模樣，就像是睽違了數週，正享受著幽會的情人。

「真是個壞人，夜晚的祕密，本來就應該留在黑暗之中啊？」

米菲拉跪坐著，嘴角微微上揚，接著將我的手拉向她的臉。「把夜晚的祕密帶到黎明，可是違反規矩——」她說道，然後用力咬了我的拇指。

那力道恰巧是我勉強能忍受的程度，我的拇指上留下了她的齒印，她伸出舌頭，溫柔地舔拭著齒印。

「好不好，費爾……」

她把拇指舔得充滿唾液後，再次露骨地對我要求道。她把我的上半身推倒在床墊，又將手伸入我的衣服裡。

然而，我不可能任由米菲拉為所欲為，於是我一把抓住她纖細的手腕。

「我哪有可能答應，我可是正打算睡覺耶。」

我抓住米菲拉襯衫的下襬，以可能將衣服撐大的力道往下一拉，藏住她若隱若現的大腿。

「要抱抱只能穿著衣服，不滿意就回房睡覺。」

「欸——」

「妳突然半夜跑來，我還以為發生什麼事咧。」

米菲拉小聲咂嘴，我雙手環住她的背部，將她緊緊抱入懷裡。

「……這樣……好像也不壞。」米菲拉也伸出雙手，抱住我的身體。

我們倆抱了接近兩分鐘。這段期間我一直嗅著米菲拉的髮香，而米菲拉則不停用力嗅著我的胸口。

不知不覺，我燥熱得悶出汗來。

「米菲拉……妳是不是發燒了？」

「沒，我沒事。」

米菲拉搖搖頭說道。

「真是的……妳一定是穿這麼單薄待在我房間吧？當心被西里爾罵喔？」

我用手貼著米菲拉額頭，並集中精神在指尖上。

「好像真的有點熱。」

我得出結論後走下床墊，拿起放在地上的水壺和客人用的精美木杯。我將水注滿杯中，遞給了米菲拉。

米菲拉雙手接過杯子，便毫不猶豫地將脣瓣就著杯緣，咕嚕咕嚕地灌下一整杯水，那副喝水的模樣，十分惹人憐愛。

「噗哈。」

「所以呢？發燒的米菲拉跑來我這幹麼？」

「因為累了想跟人肌膚相親補充能量，今天想找費爾。」

「原來如此，可是就算妳想提升效率，拜託也不要脫光衣服。」

我撿起魔術書《為了與惡魔對話的實戰魔術》，盤腿坐在床墊中央。只穿著一件襯衫的米菲拉，則坐在我的腿上，這次我就沒那麼排斥了。

不過就結果而論，我的姿勢看起來就像是從身後抱住米菲拉柔軟的身體。

我把下巴靠在米菲拉的髮旋，用著跟念繪本給小朋友聽沒兩樣的姿勢，翻開了魔術書。

「費爾，你想不想稱讚努力發明的米菲拉？」

「天才創作出什麼驚人的事物，我已經見怪不怪了。但要是因此，害得米菲拉搞壞身體，我跟西里爾可是會難過喔。」

「唔～～～」

「別生氣啦。妳上個月完成的那個，是叫『時蜥蜴的飼育案例』嗎？竟然能控制時蜥蜴的時空移動，那確實讓我嚇了一跳。」

「這次的也很厲害喔。」

「哦？這倒讓我在意起來了，這次妳又發明了什麼？」

「祕密，明天再說。」

「真愛賣關子啊，這麼說來，妳會想黏著我跟西里爾，表示陷入苦戰了？」

我一面翻頁，一面笑著說道。米菲拉將身體往後壓，似是想報復我調侃她。

米菲拉那體溫略高的輕盈柔軟身體，在我懷裡動來動去，似乎是在尋找最佳座位。最後她把臉埋進我的魔術師服上臂處，一動也不動。

我放任米菲拉亂動，即使她嗅著我的衣服，令我感到發癢，我依然默默地讀著魔術書。

「……………費爾在看惡魔的書。」

「為了將來考量，把一隻惡魔加入召喚獸行列好像也不錯。」

「惡魔的『詩』都很長喔？」

「問題就在這啊，知名的大惡魔我叫不出來，沒活過千年的火力又會輸給龍，更遑論我的詩集頁數所剩無幾，天曉得牠們有沒有那個價值。」

「我以為靈巧的蟲子或史萊姆，比較合費爾喜好。」

「不過嘛，惡魔在學位戰也經常見到，當作學習對應方法也不吃虧。」

「……潘多拉，要是能正常使用就好了。」

「是啊，如果能用，我們肯定能跟薩沙的隊伍比肩。」

我細細讀著手上的魔術書，米菲拉則在懷裡抓著我的魔術師服……………………不知不覺，就這麼過了二十分鐘。

米菲拉看似是細細享受過了自己朋友的觸感和氣味，突然說出「恢復精神了，無敵。」然後從我的腿上站起來。

「要我送妳回房嗎？」

我抬眼看向米菲拉說道，「不用，燒退了。」她搖搖頭回絕我。

「回房記得穿暖點再睡啊。」

「唔——費爾跟西里爾一樣嘮叨。」

「那是因為我們都不希望米菲拉感冒啊。」

我剛說完，突然一雙滑嫩的雙手捧著我的臉頰。

然後啾的一聲——她親吻了我的額頭。

「謝謝。」

米菲拉緩緩地走出房間，這次沒被地上的筆記絆倒。她打開沒上鎖的房門，頭也不回地走了出去。

「…………………」

被留在房間的我，輕輕撫摸了方才米菲拉嘴唇輕觸的額頭。

「……睡覺吧。」

我彈了一下手指。

瞬息間，蠟燭吊燈中的無熱火焰煙消雲散。

13. 召喚術師，取得元氣之素

「完．成．了……！嗯呼——！」

米菲拉挺起胸膛交出來的，是一個裝滿鮮紅色液體的可疑容器。那是一支被神祕肉片蓋住的玻璃試管，肉片上有著幾支短小的注射針頭，構造看起來是插進皮膚後，裡面的液體便會自動注射。

學院有五條平行並列的空中走廊，連接著兩座巨大校舍——我和西里爾，就在其中一條走廊等著米菲拉。

「大清早的又拿這種怪東西出來……是說，這就是妳昨天講的……」

「米菲拉，那東西太髒了，快拿去丟掉。」

一早便睡過頭，還蹺掉早上第一堂課的天才少女，往我們這走來，表情看起來比平時來得愉悅。

米菲拉難得會表現出內心情感。我接過赤黑色肉片和試管的複合體，將背靠在與胸同高的走廊護欄，苦笑說道「這是什麼肉」。

我高舉試管看的瞬間，感受到紅色液體裡蘊藏魔力。

「這不會是龍的鮮血吧？」

我望向米菲拉，她雙手扠腰挺胸自豪地表示。

「是滋養劑。要讓潘多拉長時間行動，必須補充魔力。」

我立刻回覆「妳傻了喔」。

「龍血可是劇毒耶，就算能恢復魔力，我喝下去也掛了。」

不過，我這種程度的常識，相信天才召喚術師米菲拉早已跨越了。「放心，死不了。」她用著滿分的自豪神情打包票。

「喝龍血會死，是因為龍的白血球在人體內增殖並吞噬細胞。只要阻止白血球增殖就不會死，頂多身體不舒服。」

「這才是不可能辦到的事吧，不是聽說就算在零下兩百度，也無法阻止龍的白血球活化？」

「我萃取出食龍樹的消化液成分，加了進去。」

「食龍樹？妳是說那個休爾諾布大森林的稀有樹種？」

我如此問道，米菲拉聽了大大點頭，然後雙手握拳，在胸前輕輕互擊。

「食龍樹的消化液，雖然無法破壞白血球，但是能妨礙白血球從造血細胞中分化。」

「這對人類無害嗎？會不會影響人體的造血機能？」

「過去我常拿消化液做傷藥，被毒蛇咬食非常管用。而且藥劑完成後，我已經對自己用過了，症狀大概只有發燒。」

噗——

噗——

我和西里爾同時噴出口水。米菲拉竟然拿自己做人體實驗，這實在是出乎我的預料，我不禁慌張地罵道：「妳這笨蛋到底在搞什麼！」

西里爾如迅捷的野獸奔向米菲拉，並將她抱起。

「這簡直是場惡夢，米菲拉妳真的把龍血注入身體了嗎……」

西里爾在她寬鬆魔術師服露出的細脖子上，發現了打針的痕跡。隨後他摸遍了米菲拉全身，確認她是否平安無事，直到捏了臉頰，發現柔軟度與平時無異，西里爾才終於放下心來。

米菲拉雖然表情略有不滿，不過看起來並不討厭。

「下次要實驗，拜託去找費爾。」

「就算給我一百萬甘特我也不幹。」

話雖如此，其實我在內心對昨晚的事稍微反省了一下。

為什麼米菲拉進我房間時，我竟然沒察覺到脖子的注射痕跡？為什麼沒追問她微燒的理由？為什麼平時可愛的米菲拉，會如蕩婦般發情？當下我真不該悠哉地看著魔術書。

「喂，米菲拉，下次要做這麼危險的事，至少選擇在有人的地方做。若是我或西里爾就算睡著了，直接敲醒我們也沒關係。」

「嗯，知道了。」

「唉～妳就這麼輕描淡寫地帶過喔……拜託妳別亂來啦，米菲拉，我和西里爾，可是非常珍惜妳，甚至超乎妳的想像。」

「嗯，我知道。」

我和西里爾面面相覷，深深嘆了一口氣，才總算是定下心神。

「抱歉，昨晚米菲拉到我房間時，我完全沒注意到。」

「也沒辦法，有誰會想到她當下注射了龍血。」

我們倆佇立在走廊，一同望向米菲拉——又再次嘆了口氣。

「龍血啊，妳可真是拿出不得了的東西。」

「是啊，雖然不太想這麼講……但這確實是劃時代的發明。」

「嗚呼——自信之作。」

雖然現在市面上也有魔力滋養劑，但不僅對身體負擔過大，效果還十分微弱。現在要是能直接將龍血這個魔力的聚合體直接注入體內。效果肯定是過去所有藥品無法媲美的。

我再次把這個詭異的試管高高舉起端詳——召喚祭的規則比普通的學位戰來得寬鬆。別說是自製滋養劑，過去甚至有白痴把國寶級的寶物(artifact)拿來比賽——這麼一想，我不禁感到害怕，我將要前往這樣的世界去取勝。

「……這應該花了不少錢吧？」

「放心，如果會花錢，費爾絕對不肯用，這全部都是多出來的。」

「食龍樹的消化液妳還有拿來做什麼用？」

「養時蜥蜴的時候有用到。在牠蛻皮時，能拿來溶掉蛻去的死皮。」

「……使用限度呢？」

「理論上是一天四支，不過最好用兩支就停，流鼻血代表危險訊號。」

「原來如此，這麼嗨啊。」

我轉身面向外頭，雙手和下巴擱在空中走廊的護欄上，望著對面空中迴廊的學生們嘟囔道。

「我都還沒找到《托爾耶克席恩》，召喚祭就已經要開始了。」

把米菲拉背在肩上的西里爾問道：「你不是去王立圖書館問過了？結果如何？」

我一面用拇指摸著蓋住試管的神祕肉片，一面苦笑回覆：「他們鄭重回答了『本館沒有收藏』。」我放空眺望外頭，忽然有一群女學生，走過對面的空中走廊，我見了不禁感到詫異。

「那說不定是世界上只有十本的自製書。或許我得外出旅行好一陣子，才有辦法找到這傳說級的稀有魔術書。」

那是薩沙・席德・祖爾塔尼亞，和仰慕她的一年級學生。

但她們看起來，並不像是嚴厲的君主和尾隨著她的忠臣……那位白金髮的超絕美少女，跟周圍的少女們有說有笑的，似乎是要前往下堂課的教室。

忽然，走在隊伍前頭的薩沙，發現了在隔壁空中走廊的我。

——

一瞬間，她拋了個媚眼。

和薩沙說話的少女們似乎沒有看見。目擊公主殿下淘氣一面的，只有我、西里爾和米菲拉三人。

善於察言觀色的西里爾對我問道。

「……你和薩沙發生什麼事嗎？」

「天曉得。」我一句話帶過。接著我改變話題說：「距離召喚祭只剩不到兩個禮拜，說不定得放棄《托爾耶克席恩》，想想其他方案了……」我深深嘆了口氣。

「——你說薩沙那傢伙會優勝是什麼意思!?啊啊!?」

突然傳來怒罵聲，我往聲音源頭一望——我們所在的空中走廊正下方，發生了醜陋的爭執。

「本大爺我，可是拿到了鑰匙！只要有這個破滅之鑰，任誰都無法違逆本大爺！」

伯恩哈特・哈德切赫抓住手下的胸襟，氣到聲音高了八度。身旁其他跟班見到伯恩哈特勃然大怒，慌得不知如何是好。

「本大爺會在召喚祭取勝！你們這些垃圾，不准再提起其他人的名字！」

我抬頭對著西里爾和米菲拉，不厚道地笑了出來。

「不過就是場祭典，大家也太拚了。」

我先將米菲拉做的魔力滋養劑還給她。

今天打工前，我也得在拉達馬庫街上奔波，尋找魔術書《托爾耶克席恩》的下落。

14. 召喚術師，遭受詛咒

我站在學生宿舍宿舍三樓東側——西里爾房間的木門前，心裡從未如此憂鬱過。看得出來這扇門有被珍惜使用，上頭木紋和漆的豔麗質感，令我覺得很美。每當要討論作業或學位戰的作戰會議時，我都能輕鬆自如地敲這扇門。

「……唉。」

但今晚，我卻不停在西里爾房門前咳聲嘆氣。

馬上就要跨日了，但今天的打工已經算很早結束。不，與其說是結束，不如說是老大見我愁眉苦臉便說：「費爾，你今天先下班了。雖然不知道你發生什麼事，但你不要臭著一張臉。早點回去、早點睡。」於是我就這麼被強制下班回來了。

我回到宿舍後，就無數次想敲西里爾的房門——卻又無法做到，結果在門前呆站了十來分鐘。

——喀掐。

並不是我拉了門把，而是房門自己打開了。穿著睡衣的西里爾，和蠟燭吊燈的暖光從門裡冒了出來。

「費爾，這麼晚你有什麼事？有事快點叫我不就好了。」

他詫異地蹙眉說道，但臉龐依然是那麼美型，令我不敢直視，我只能低頭苦笑地說：

「原來你醒著啊……」

「剛醒來的。我感受到門外有費爾的氣息，才想說發生什麼事。」

「不愧是英雄一族，連這種事都有好好鍛鍊過。」

「別鬧了，費爾，你總不是為了取笑我才特地跑來吧。」

「…………這個，該怎麼說……我有、話想說……」

我支支吾吾地說道——西里爾一語不發，將房門打開。要是他說「太晚了，明天再說吧」，我心裡或許能落得輕鬆，但同時也會產生相等的憂鬱吧。

「抱歉，今天完全沒有整理。」

「這還叫沒整理喔，那我房間不就是垃圾堆了。」

「誰叫你要在學習用的筆記上睡覺，你也該買張桌子了吧。」

我走進西里爾房內，裡頭雖然和宿舍其他房間一樣小，擺設卻高級到令人惶恐。不論是床、書桌、大書架、窗簾、地毯，都是庶民一輩子無法買下的高級品。

雖說外觀不是特別豪華，但能看出每樣家具，都是由技術高超的工匠所製，加上富有品味的貴族長久使用且細細保養……才打磨成的古董品。

「坐在椅子上吧。」

西里爾將蠟燭吊燈放在桌上，然後坐在床上。

「怎麼了？看你一臉剛挨過罵的表情。」

他靜靜看著走進房間後，就站在入口一動也不動的我。或許是十一月尾聲的寒氣太過刺骨，西里爾將折好放在枕邊的厚重開襟衫披在身上。

「坐在椅子上吧。」

西里爾再次催促道，「好……」我才終於踏出步伐。我走向麥克梅爾木所製的棕黑色華美書桌，卻遲遲不坐在椅子上。

我好幾次嘗試主動向西里爾攀談，「可惡……」最後都只能緊咬下脣，說不出半個字。

……………………

凌晨零點前。西里爾的房間裡，只剩下微弱的燭光和深夜的靜謐。

西里爾沒有催促我。

他坐在毛毯皺成一團的床上，以溫柔的眼神看著我，並等我開口。

之後——不知究竟無意義地浪費了多少時間，我才像個半死不活的人，用力擠出一句呻吟。

「…………………………………能……借我、錢嗎……？」

西里爾一語不發。

他沒有答應或否決，用著與剛才無異的眼神，看著佇立在原地的我。

他看我剛才的模樣，八成就猜出來了。

過去對金錢關係敬而遠之的我，為何會提到錢，又是為了什麼東西，甚至不惜向他借錢。

最後他開口。

「為了《托爾耶克席恩》嗎？」

西里爾沉著的聲音，和緩擴散到整間房裡，滲入了各種物體內部，就連蠟燭吊燈裡的火光，似乎也為之搖曳。

我微微點頭說道。

「……我找到了……在泰爾街的舊書店……不過……那本書遠比我、想像中的——要貴上許多……」

我感到厭惡，心臟跳個不停。像是自己在找難聽藉口。

「要九十萬甘特。九十萬。考慮到召喚祭，應該要馬上買下來學會才行——但這數字，實在不是我能立刻準備好的金額。就算把所有的魔術書、教科書都賣了，還是遠遠不夠。」

我向發自內心信賴的隊友——甚至稱得上是摯友也不為過的西里爾‧奧茲隆，說明借錢的緣由。

「我向書店老闆問過，能不能用租的。但他說要價九十萬的魔術書，哪有可能出租。所以——我才想問西里爾，能不能借我錢。」

這簡直就像是做了場惡夢……要是可以的話，我真希望時光倒轉，讓我回去走到西里爾房前的時候。要是知道會落到如此下場，我就不該肖想《托爾耶克席恩》。那不是我應該學的東西。我——

——我實在是，太差勁了。

這個當下不光是西里爾，就連直到昨天為止，拚命貫徹不借錢的「我」，都覺得自己是個肖想不勞而獲的混帳，是我背叛了他和我自己。

我緊握身上魔術師服的胸襟，大口吸入、吐出空氣，若不這麼做，我會覺得自己無法呼吸。

西里爾直視著自取滅亡的我，就在我喉嚨疲憊得再也說不出話時。

「這麼做，費爾真的能夠接受嗎？」

他用著看透一切的神情與聲調說道。

他特地將視線從我臉上移開，朝向地面，這肯定是西里爾的體貼。他望著地毯，冷靜地說了下去。

「我是沒關係。如果有必要，我能將自己繼承的奧茲隆家所有金融資產——三千億甘特，全都借給你。」

——三千億。

「雖然我和費爾才認識不到一年，但我知道費爾絕對不會背叛我……你的所作所為，讓我如此相信著。」

怎麼可能，西里爾是在胡說八道些什麼。

我過去為了自己，把西里爾和米菲拉耍得團團轉。不只是要他們在學位戰，陪我執行胡來的作戰計畫，他們還因為潘多拉的事，把週末假日給浪費掉了，就連課堂作業也是，若不是我們三人共同鑽研，我不可能拿到現在這成績。

「你要我幫什麼忙都可以。九十萬全部我出也沒問題，如果你真的那麼介意，要我算上利息借你九十萬也行……錢這種東西大家都會借。就連教會，也會為了改建聖堂去借錢。」

在入學典禮之後的迎新派對上，我們向米菲拉攀談，才組成了這支超級不均衡的隊伍。至今之所以沒鬧出大問題，全都多虧西里爾的忍耐力。

「問題在於……你真的能夠原諒你自己嗎，費爾？」

西里爾他，再次以看不出才十六歲的成熟眼神，直視我的臉。

「就我來看，這會扭曲你那愚蠢的原則。」

即使如此，我仍強壓住想逃離現場的心情，嘗試面對我自己——而不是眼前的西里爾。

老爸………

自從村子裡的魔術師，同時也是家中支柱的媽媽去世後，我家陷入貧困。但老爸仍為了「購買我學習用的大量魔術書」，無怨無悔地在田裡工作得渾身泥濘。

可是我——就喜歡老爸那不知變通的正經。

我喜歡他半夜獨自坐在餐桌前，記著帳本的背影。

『今天吶，教會的人不停稱讚費爾，說你是自建村以來第一的天才。那麼爸爸我，可絕對不能扯了費爾的後腿啊。』

『像我們這種窮人，可絕對不能接受施捨，這麼做馬上會傳遍整個村子。召喚術師的學校，挑選學生應該很重視家境吧？我們家唯一能拿來自豪的，就是窮歸窮，卻從沒借過錢。』

『想出去工作？傻孩子，錢爸爸會負責去賺，費爾你就乖乖念書。媽媽不是說過嗎，有召喚術師才能，可是件相當驚人的事。』

『你別擔心學校的學費，沒事的。爸爸啊，可是有一點一滴地存錢，等下次收穫一定能——』

每當我憎恨貧窮，想到錢的事，就會憶起老爸。

「……………………………………事到如今我哪有可能扭曲原則。」

西里爾傻眼地深深嘆了口氣。

「那我就無法借你錢了，我可不想為了這種事被費爾怨恨。」

西里爾雖然語調平穩，但他端正的眉心卻擠出了皺紋。

那還用說，睡著時被人叫醒，想問到底發生什麼事，我又吞吞吐吐搖擺不定的，換作是我也會覺得根本在耍人。

「如果召喚祭需要用到《托爾耶克席恩》，那早點買下不就好了。你口口聲聲說自己很窮，但也不是完全沒錢吧。」

西里爾指著我的胸口。

「你之前說過，那是死去的父親留給你的入學金，你不想用這筆錢，才會親手去賺三百萬。所以你十六歲那年才無法入學。」

「……那筆錢不光是我自己賺的。」

「我知道，你把老家的家具都賣了。你母親愛用的桌子、書櫃、你爸和你的床，全部。」

「……………………」

「我說費爾。我知道這是多管閒事，但你當寶貝一樣掛在脖子上的錢包——你父親留給你的錢，是不是放在裡面？」
被他說中了。我脖子上掛的錢包，放了「父親託付給我的兩枚金幣和十枚銀幣」。
雖然知道西里爾不可能會想偷，但我還是為了保護錢包，反射性將左腳後縮側著半身，並從魔術師服上頭，確認錢包的觸感。
「這——這筆錢，不是要拿來用的……」
「那麼召喚祭就無法仰賴潘多拉了。反正即使沒有潘多拉，還是有很多事能做。」
「沒有潘多拉哪有可能打贏薩沙的大天使。之前我們耍了無數手段，最後還是打到趴下啊。」
「……那麼，你要跟我借錢嗎？」
「——這個、嘛……」
「……我們還有米菲拉的藥。硬是用個五、六管，也許能靠雷擊破(Thunderbolt)讓潘多拉動個幾十秒。」
「你開什麼玩笑，那會死人好嗎？現在不是說傻話的時——」
頓時間，我再也說不出話。
西里爾以如猛獸般的速度向我襲來，「嘎——!?」他抓住我的臉，將我推向身後的書架。

「傻!?到底是誰傻!?」

西里爾放聲怒罵，他的聲音大到似乎忘了現在是深夜。

書架上的魔術書和小說，因為衝擊而掉落下來。

「費爾!!你到底想做什麼!?到底希望我做什麼!?」

我和西里爾的身體素質差異太大。即使我想鬆開他緊抓著頭蓋骨的右手，力量卻完全不足。

「你不想借錢！不想用親人留下的錢！不想受人恩惠！你到底要我怎麼辦!?」

我從指縫間窺見西里爾的表情——他雙眼睜大，鼻梁上擠滿皺紋，左右虎牙露出，這是他徹底生氣的表情。

「費爾！你太怕錢了！錢就是錢！不過是區區的錢！」

我無法對他的怒斥悶不吭聲。「才不是區區的錢！」即使被他抓著臉推向書架，我仍雙手全力抓住西里爾右手腕，大聲駁斥道。

「區區的錢可是會讓人死掉！人是——會死的！」

我將西里爾的右手甩開，「呼——呼——」急促地呼吸著。

反觀西里爾，「…………」即使怒火中燒，仍靜靜地瞪著我。

現在已經不是借不借錢的問題了，我因自己讓西里爾暴怒一事感到抱歉，甚至激動到差點喘不過氣來。

我的固執，實在是無可救藥，就連溫柔的西里爾也被我惹怒。最後……西里爾他，用著食人虎般眼神看著我說。

「為什麼費爾，會這麼善良？」

霎時間我聽不懂他的意思。

就在我思考他話中含意的瞬間——西里爾再次伸出手臂，粗魯地抓住我的胸襟，並為了避免我別開視線，而將臉靠近。

「現在活著、感到難受的都是費爾你啊，你的親人已經不在了。他們死了，不在這世上了。為什麼還需要顧慮他們？」

他加重語氣對我提問道。

我試圖努力回覆斥責我的西里爾。

「我才不善良！」

我順勢反抓住西里爾的胸襟，露出虎牙說道。

「自從媽媽死了，我家變窮後——我就將一切通通推給了不接受教會施捨、也不借錢，凡事都只為我著想的老爸身上。我必須比老爸更努力，要成為世人引以為傲的召喚術師才行。」

至今我從未對他人詳細提過家人的事，我根本不願意想起那些回憶，但我仍將往事化為語言說出。要是在這場合還隱瞞真心話，那就實在太卑鄙了。

「我老爸，除了當別人的佃農外，還有種一塊小小的藥草田，他種的是光碰到就會嚴重發炎的垃圾藥草。藥草按鎮上不成文的規定，必須得賣給公會，但他卻自己去找賣家，最後找到個醫生賣了高價。」

一般而言，突然聽見「別人家的私事」，只會徒增困擾。但我唯有這麼做，才能向西里爾告知心中想法。

「累積到我十六歲那年，他一共賺了三百萬。區區一個農夫，賺到這麼一大筆錢。」

我只期望，我的眼睛所見、心中感受，能有億分之一可以傳達給他。

「但這件事——招致了低價賣藥草給工會的同行嫉妒，最後我爸被刺死了。」

「他又沒有任何罪過，你不需要感到羞恥——」

「但是他死了，哪有什麼事比死掉更糟糕的！」

我不由自主聲音高八度大喊道。西里爾稍微將力量鬆懈。

「老爸個性非常認真！凡事都以我為第一考量！明明窮得要命，死了卻留下學費，而不是一屁股債給我！所以，如果我無法對金錢保持潔癖，會讓老爸的人生變成一場謊言！」

西里爾之所以沒有回我任何話，也許是因為現在的我實在是不堪入目。

又可能是他終於知道，為何我會如此執著於「不想借錢」。

「我壓根不相信有天國存在，死神庫羅加創造的亡者國度也是，那群垃圾諸神只會漫天扯謊。人死了以後，不論靈魂或是任何東西，都會消失得一乾二淨。」

「……………」

「但是，要是有個萬一，萬一真的有死者會前往的國度，而我爸媽也在那裡的話——我絕對要他們對我磕頭認錯……！我要痛罵他們，竟敢丟下我自顧自地死掉……！」

「費爾……」

「我要對他們說，『我拚死拚活當上召喚術師，就是為了你們——你們倆這樣算什麼！』」

西里爾沒有插話，於是我奮力暢所欲言，終於喊到喘不過氣。我念每一個單字時都過度用力，累得我以為喉嚨都吼出血來，就連吞個口水，都會微微嗆到。

「……………抱歉……我不該突然動粗。」

西里爾鬆手轉身背對我。我左手放在腰部，右手使勁按摩額頭來舒緩頭痛。

「……《托爾耶克席恩》，是嗎……真想把它一本不剩地全部燒掉。」

儘管說話內容有些危險，但西里爾終於恢復了平時的語調。

「九十萬，為什麼會這麼貴，實在叫人生氣。作者是誰？是哪個傢伙寫的？」

「……………拉卡里茲・尚彭。」

「拉卡里茲，這名字聽起來真──拉卡里茲……青之導師拉卡里茲？」

「啥？不……那什麼青之導師我是不清楚啦，但書脊上確實是寫著拉卡里茲，不會錯的。」

「這樣啊……那肯定沒錯，竟然是拉卡里茲．尚彭……」

「……」

「……」

「……」

「拉卡──」

下個瞬間，我看到的是──臉上帶著燭光陰影的西里爾，忽然捧腹大笑起來。

「哈、哈、哈！哈哈哈哈哈！真是笑死我了，我們怎麼會這麼蠢啊──」

我完全不明白他的意思。

我等待西里爾的爆笑結束，最後西里爾面向我這，眼中泛淚地指著我道。

「費爾，你聽好了？拉卡里茲．尚彭，是我爺爺最崇拜的召喚術師。他是內行人才知道的冒險家，還曾經出版過名為《拉卡里茲的紅龍》的童書，我猜八成是這個原因，那本書價格才會異常地高。我之所以會想當召喚術師，也是因為從爺爺那聽到拉卡里茲的故事。」

「──蛤？」

「我爺爺把他所寫的所有東西都收藏起來了。就連個人信件也收集了幾百封，所以魔術書肯定也有收藏，我明天就叫家裡的人送來。」

「慢著，西里爾。你到底在說些什麼……？」

事情發展得太快，我不禁愣在原地。

西里爾就這麼放著我不管——把開襟衫脫去，躺在床上蓋上毛毯。

他彷彿把幾分鐘前，我們大吵一架的事給全忘了——好像這件事打從一開始就沒發生過，他背對著我輕聲說道。

「書我借你，你給我在三天內學會。說到底，我也不想在召喚祭上輸掉。」

15. 召喚術師，終於被當成傻子

「我可沒聽說你兩天就學會了。」

西里爾說道，我則「呼啊啊啊～」地打了個下巴都快脫臼的大呵欠。

「就因為這樣我才嚴重睡眠不足啊。剛才的課，我是真的差點睡著了，為了醒神還咬緊牙根，弄得我下巴好痛。」

「打工，今天最好請假。」

「我哪做得到啊，米菲拉。要是每次睡眠不足都請假，我馬上就餓死了。」

在問完老師課堂上的問題後——我們三人漫步走在長廊上，準備前往下堂課的教室。我因為太累了，抱在腋下的書本感覺比平時還重。

「中午還是睡一覺吧，雖然想去看學位戰偵察敵情……」

「那點小事我和米菲拉去做就好，拜託費爾你去睡覺。」

「可以嗎？真抱歉啊。」

每天上課，在酒館打工到深夜，看魔術書《托爾耶克席恩》，弄得我身體極度疲倦，但心裡卻意外地充實自在。

果然——有個明確的目標對心理健康比較好，只要努力就能看見成果，實在令人高興。

「話雖如此，還得先跨越下堂課——高等魔術學這個難關才行，老師的聲音根本是催眠曲。」

「哈哈哈，要我潑你水嗎？」

「只要你能準備毛巾，我倒不介意喔？」

下一堂高等魔術學，是一年級的必修課程。由於學生人數接近百人，必須前往入口位於校舍二樓的大教室。

那是一個造型類似把磨缽切對半的半圓形階梯教室。大小就連街上的大劇場也相形見絀。

我們三人向老師提問花了不少時間，距離敲鐘時間只剩十分鐘不到，現在去大概有一半座位已經被占走了。

「要是我在課堂上睡著拜託叫醒我，要用拳頭叫醒也行。」

「知道啦，我會叫醒你。」

當我一打開氣派的教室大門，「嘩啦」——不知為何就被水潑了。

一顆雙手環抱大小的水球，打中出入口上方門框，飛濺的水花，幾乎都落在我頭上。因為是打開教室瞬間發生的事，我根本來不及反應。

站在我身後，安然無事的西里爾說道。

「要我幫你拿毛巾嗎？」

我怒不可抑地衝進大教室。

「究竟是哪個王八蛋做的啊啊啊啊啊啊啊啊啊啊啊啊啊啊啊!!」

然而，在我眼前的畫面，實在超乎我的想像，舉拳衝進教室的我，不禁發出「啥——？」的一聲停下腳步。

階梯教室到處都是翻倒的桌椅，本該在教室底部的講桌也打橫翻倒，現場一整個慘不忍睹，根本無法上課。

「這是在搞什麼……？」

教室裡有五隻召喚獸。

一隻身長超過四梅傑爾，看似重裝騎士的水精靈。

展開巨大的雙翼，膝蓋以下是老鷹利爪的裸體美女——鷹身女妖四隻。

四隻鷹身女妖發出鳴叫捲起旋風，將桌椅捲起砸向騎士外型的水精靈。

而水精靈用牠連在左前腕上的「厚重水盾」擋了下來。

「……我走錯教室了？」

「你沒走錯，費爾・弗納夫。你可真是走霉運呢。」

我轉頭看向聲音的來源，看似活潑的棕髮少女——露露亞・弗麗嘉，正看著我們強忍笑容，而她的兩名隊友也在一起。

「哈哈哈！你運氣真好啊，費爾閣下！要是直接命中，你就得被抬著進醫務室了！」

「高、高爾同學，這樣笑很失禮啦。」

我用溼透的袖子擦了擦臉，站到露露亞她們旁邊說：「我真不明白啊，現在大家流行把召喚戰當成是下課時間的橡皮擦大戰玩嗎？」

通透水色的巨大騎士，揮舞右手的劍。

此時出現了無數大小不一的水球四處散射——但空中的鷹身女妖沒被打中任何一發。

取而代之的，是教室的牆壁被擊碎，還有幾發飛向我們這。

「光盾（Holy shield）。」

露露亞詠唱光之防禦魔法擋下了水球。

她創造的光盾大到讓人嘖嘖稱奇，不光是自己和隊友，就連我、西里爾和米菲拉，還有附近五、六個學生，都整個被覆蓋住了。

「真行啊。」

「雖然這光盾差點被你們攻破了。」

找到露露亞身旁這個安全地帶，總算是讓我暫且息怒。我冷靜下來，從最上層俯瞰整個大教室，才終於理解究竟發生何事。

惡劣貴族伯恩哈特．哈德切赫，在和一名紅髮少女交戰。

「噢啦！怎麼了，茱麗葉！妳不是要好好教訓我嗎!?」

「嗚——我絕對不能輸。把力量借給我，奧莉佩雅！」

仔細想想，那個騎士型態的水精靈，正是伯恩哈特的「分身」，伯恩哈特之前看上那位紅髮少女，總是對她死纏爛打。

教室裡的五十多名學生，都退到教室角落，專心擋下水球流彈自保，發出歡呼和奚落聲的，只有伯恩哈特的跟班們。

「是打架啊……怎麼沒人阻止？總不是怕了伯恩哈特吧？」

露露亞苦笑說道。

「他好歹也是召喚祭出賽者啊？不過——也不光是這樣。大家之所以不去勸架，是因為茱麗葉賭上自尊要和他單挑。」

「自尊？照這邏輯的話，不是每次見到伯恩哈特，就得上去跟他決鬥了嗎？」

「…………茱麗葉的母親……那個，似乎曾經、在娼館工作過。」

「那又沒啥稀奇的。」

「我們沒有直接目睹事情經過。好像是伯恩哈特打聽到這個消息，就跑去對茱麗葉說……『妳身上流的是娼婦的血，就應該好好服侍我，能被我選為情婦，可是妳的榮幸──』。」

太過分了，我都忍不住大大地發出咂嘴聲。西里爾一聽，便毆打教室牆壁，以彷彿是從地獄深處發出的恐怖聲音說：「這個丟盡貴族顏面的混帳……」

「原來如此，聽了這番話確實難以出手。不過老實說，她似乎屈居下風。」

「最近，應該說這一兩週，你們不覺得伯恩哈特變得有點奇怪嗎？不知該說是他變得口無遮攔呢，又或是攻擊性變強呢──」

「他幾乎都是那副嘴臉吧？況且，我哪有可能一一記下伯恩哈特的言行。我才不想把腦容量花在他那種人渣上。」

「不會是他確定能出戰召喚祭後，就開始得意忘形了吧……？」

米菲拉幫我拿著弄溼的課本，我將空出的雙手抱胸觀戰，並小聲嘟囔：「……茱麗葉……不要從正面跟他硬打。靠速度壓制他，瞄準術師……不對，不是那樣……」

身旁的露露亞呵地笑出聲。

「看你好像忍不住想給她意見呢。」

「伯恩哈特的水精靈確實很強，不過漏洞百出。論單挑，沒幾個對手能像牠這麼好解決。就因為茱麗葉錯過好幾次致勝時機，我才會看得心癢。」

「你太嚴格了吧。就召喚獸運用和速效召喚上，你在一年級生裡可稱上是首屈一指了，要求茱麗葉達到和你同個水準，會不會有些過分？」

「就算妳這麼說，憑她召喚獸的性能，有辦法正面打贏嗎？」

「這個嘛，說得也對。要是無法和水精靈打近身戰，茱麗葉恐怕沒有勝算。」

「這樣下去只會被伯恩哈特消磨殆盡。」

既然紅髮少女——茱麗葉是為了自己和母親的尊嚴而戰，若我們無條件插手，那就太不識趣了。

就算我們目睹，一隻鷹身女妖被水球直接命中，墜落地面後被水色的巨大騎士——水精靈給踩扁。

「先是一隻!!看到沒!!本大爺才是最強的!!」

伯恩哈特張開雙手仰望天花板高喊道，即使那聲音實在是不堪入耳，我們依然沒有「出手相助的理由」，只能心煩意亂地靜靜看著眼前殘酷的虐殺。

「知道厲害了吧，茱麗葉！這都怪妳要反抗本大爺！」

伯恩哈特瞄準捲起旋風的瞬間，又用水球擊中了一隻鷹身女妖。鷹身女妖撞向教室的堅硬牆壁，水精靈悠然地走向鷹身女妖，並用左手將牠抓起。

「放開奧莉佩雅！」

茱麗葉發出悲痛吶喊，並施放了風刃。

水精靈受到魔法直擊，仍一動也不動——肩膀處被挖出的大洞，就像被小石頭砸中的水面一樣，立刻就恢復原狀。

「那種東西哪會有用啊！」

伯恩哈特趁機發動電擊魔法掃過地面，將所有接觸的物體粉碎，最終將茱麗葉擊飛。紅髮少女發出短促悲鳴，完全沒餘力做緩衝，直接滾到教室最底部。

「我也不想傷害茱麗葉啊。會變成這樣，全都是因為茱麗葉妳不聽本大爺的話。」

伯恩哈特露出邪笑說道。接著走到抓住鷹身女妖的水精靈旁，他看向鷹身女妖說：「臉蛋還不賴，就是這鳥腳不合我喜好……」接著對教室地板吐了口口水。

「我說茱麗葉啊？我聽說鷹身女妖，好像性慾非常強是吧，妳的『分身』竟然是這種東西，那表示妳肯定也是如此吧？」

茱麗葉渾身顫抖，嘗試爬起身來。

少女即使被人踐踏自尊，仍想站起反抗——那副模樣看得我十分心痛，但對伯恩哈特而言，似乎只感受到愉悅，他臉上依舊掛著低級的奸笑。

「只要成為本大爺的東西，妳就有機會往上爬啊！妳看看費爾・弗納夫！妳沒必要巴著像他那種窮鬼的小老二活過一生！」

就在此刻——我終於笑了出來。

「說得好啊，伯恩哈特，我就等你這句。」

我碎念道，接著二話不說衝了出去。

我施展無咒文詠唱的速效召喚，叫出了體長三梅傑爾的超巨大蝗蟲，我跳到蝗蟲頭上，準備介入他們的單挑。巨大蝗蟲一個大跳躍，便豪爽地降落在茱麗葉和伯恩哈特之間，著地時，還直接將教室地板震碎了。

我站在蝗蟲頭上，俯視著伯恩哈特。

「喲~伯恩哈特~」

伯恩哈特瞪大雙眼抬頭看我，他似乎完全無法理解，為什麼我會跑出來，而我又為什麼會笑。

「你不光是茱麗葉，還連我一併羞辱了，你膽子可真大啊。」

茱麗葉在我身後搖搖晃晃地站起，並對我說：「住、住手，費爾同學。這是、我——賭上尊嚴的戰鬥。」

「茱麗葉妳少囉嗦，他可是指名道姓的罵我小老二，我要是悶不吭聲那還算男人嗎？」

我頭也不回地說道。

「啊哈哈哈哈哈哈哈哈——!!」最上層發出了響徹整間教室的爆笑聲，原來是露露亞指著我捧腹大笑。

「說得對！這可是事關男性尊嚴，絕對不能被人瞧不起了！」

「殺了他也沒關係！能夠死於決鬥，可是貴族的榮譽！」露露亞身旁的西里爾，也發出了危險的聲援。

不光是他們倆。

我一登場，站在大教室各處——觀望事件始末的學生們便發出歡呼。

「是費爾・弗納夫！費爾・弗納夫加入戰局了！」

「等很久啦！」

「我們就知道你會幫忙出頭！」

「不要輸啊！早看貴族不順眼的平民可不只有你！」

「拜託你要一定贏！幫茱麗葉出口氣！」

「上課什麼的都不重要了！」

幾乎沒說過話的男生、在走廊見到只會點頭示意的女生，都紛紛為我加油……伯恩哈特見狀則火冒三丈。

「你們這些該死的窮人啊啊啊啊啊啊啊啊啊啊啊啊啊啊啊!!」

他如此高喊，水精靈將手上的鷹身女妖拋開，直奔向我。

巨大蝗蟲載著我奮力躍起。

砰噠——!!蝗蟲腳刺入教室牆上的小隙縫，藉此貼在牆上，又立刻伸展巨大後肢做跳躍，才勉強躲過水精靈射出的水球。

與巨大蝗蟲心連心的我，則跨坐在牠冰冷的頭上維持平衡。

「不見形影之水，無音潛行之獵人。倘若夜晚完結，汝之黑夜仍不見終點。吞噬朝露，沼地終將乾枯。現在，將汝之利牙潛伏，靜待虛假黑暗來臨。」

我在喘不過氣的劇烈加速中詠唱咒文。

我刻意壓低音量，在召喚同時，還施展了電擊魔法・雷擊破（Thunderbolt）。「哇——哈哈！伯恩哈特！我來教教你什麼叫瞄準！」雷擊破（Thunderbolt）的閃光，將青色魔力光形成的召喚魔法陣給遮蔽了。

所以教室的任何人——包括伯恩哈特，都不知道我叫出召喚獸了。

不，可能只有西里爾、米菲拉和露露亞察覺到也說不定。

「費爾・弗納夫，不要給我四處逃竄！下來！下來跟我一戰!!」

「貴族大人可真悽慘啊！尊貴不凡的精靈使者，竟然連一隻蟲子都抓不到！」

我的電擊魔法和水精靈的水球，激烈地交錯著。

論敏捷度是我壓倒性占上風，加上我不斷用高威力的電擊魔法瞄準伯恩哈特——使得他只能不斷施展防禦魔法，而巨大的水精靈也不敢離開他的身邊，頂多只能對我發射水球。

最後伯恩哈特終於按捺不住了。

「追風之獸！渾身龍鱗的凶猛銳牙！以不屈之意志穿越叢林，吞噬放蕩不羈的大人物！汝乃是反逆之獅！現在，正是捕食漆黑野獸之時！」

他詠唱咒文，召喚了我和西里爾能用速效召喚叫出的鱗甲鼬鼠。

那是一隻全身被黑色鱗片覆蓋的巨大鼬鼠。

這隻古代猛獸不只行動十分迅捷，身體還比大型犬大上兩圈，甚至能夠輕鬆捕食熊。

然而——不知哪冒出的大量羽蟲和甲蟲，爬到了鱗甲鼬鼠身上，限制了牠的行動。

「費爾你這混帳——!!」

「誰叫你在那邊悠悠哉哉地詠唱咒文！」

討厭無趣地反覆練習，而選擇不用速效召喚的召喚術師，其實不在少數，那行為就我來看，根本是「怠惰到讓自己送死」。像現在，我只要看穿對手召喚什麼，就能用速效召喚先下手為強。

我想蟲群已經成為我的代名詞了。

「費爾・弗納夫拿出絕招了！」光是鱗甲鼬鼠被蟲群的速效召喚壓制，教室裡的人就大聲歡呼道。雖然現在響起上課鐘聲，但已經沒人理會了。

我將視線轉向大教室的入口——遲來的幾十名學生和高等魔術學的老師，呆若木雞地站在原地。

我在那群人中，看到了極度吸引目光的白金髮。薩沙．席德．祖爾塔尼亞露出嚴肅的神情站在那。

——說實話，比起老師，薩沙來得更恐怖。

但事到如今已經無法停下了。

我讓伯恩哈特好不容易叫出的召喚獸失去戰力，巨大蝗蟲著地的瞬間，還彈起石子砸中了他，「咕啊!?」這使伯恩哈特的怒氣升上了頂點。

「伽洛克弗雷，水量全開!!將一切沖刷殆盡!!」

伯恩哈特高喊道，騎士外型的水精靈便呼應他的命令放低重心，雙手握緊水劍劍柄，以極大的動作揮劍橫掃。

水劍劍身轉變成大量的水流。

「哈哈哈哈!!呀——哈哈哈哈哈哈啊——!!」

水精靈開始無差別攻擊教室裡的所有事物。

桌椅被沖走，階梯教室被夷平，施展防禦魔法護身的其他學生們，也差點被高壓水流殺死。

當然，憑巨大蝗蟲的敏捷度，根本不可能逃過一劫。

我只能以巨大蝗蟲為盾，擋住襲來的水流。當我逃到巨大蝗蟲底下，牠的外骨骼便咯吱作響，最後轉為令人生厭的破碎聲。此時竄過心臟的尖銳痛楚，讓我得知召喚獸死去。

「可惡，抱歉——」

奔流漸漸停息……整間教室被水淹沒，積在階梯教室底部的水，甚至淹到膝蓋，幾乎所有學生，就連瀏海都整個溼透了。

「好險，還以為要死了……」

我一邊碎念，一邊從巨大蝗蟲的屍體底下爬出——發現水精靈就佇立在我眼前，我緩緩將視線往上抬。

伯恩哈特就站在通透水色的巨大騎士肩上。

「……給我跪下，窮人。只要你磕頭求饒，我能放過你一命。」

這次輪到對方俯視我了。

我哼了一聲笑道：「免談，你以為打倒蝗蟲就算贏了嗎？」我擰了魔術師服的衣袖，水嘩啦嘩啦地流下。

「啊啊？只會召喚蟲子的窮人還能有什麼花招？用速效召喚苟且偷生嗎？不管你召喚什麼，本大爺的伽洛克弗雷都會把牠打飛。」

「打飛？是被打飛才對吧？」

「你說什麼——」

「沒有啦，該怎麼說……你也未免太遲鈍了吧，伯恩哈特。我本來是打算偷襲的，你這樣不是害我很想公布答案嗎？」

當我一說完，伯恩哈特和水精靈身上便蒙上一層薄影…………以為勝券在握的召喚術師和召喚獸，被高度直達大教室天花板的「七彩巨大不定型生物」所震驚。

「這、這是什麼……？」

「多虧你，我的『變色史萊姆』才有辦法養到這麼大。」

我的史萊姆如蛇般蜿蜒，從側面撞向水精靈。

區區身高四梅傑爾的巨大騎士，跟能占據大教室六成空間的巨大史萊姆——質量差異實在天差地別。

當然伯恩哈特也直接被撞上天，但水精靈的碎片成了緩衝墊背，他才總算平安無事。是說我這已經手下留情了，要是這樣他還死掉我可就頭痛了。

教室裡的學生們，都被「突然出現的召喚獸」給嚇到。

「好、好大！那是什麼!?」

「是變色史萊姆。牠吸收了水精靈放出的水才變這麼大……」

「他是什麼時候召喚出來的!?」

不斷搖晃，令人毛骨悚然的七彩超巨大史萊姆——變色史萊姆，本來是只有人體大小的弱小召喚獸。大家幾乎都只注意牠能融入周圍景象的變色特性，但牠的特別之處，其實是異常的吸水能力。我查閱文獻得知，過去發生過數次野生的變色史萊姆吸乾沼澤，攻擊山間村落的事件。

這根本是水精靈的天敵。

變色史萊姆一直在我身邊晃來晃去，伯恩哈特豈止沒察覺，還不斷灑水，最後甚至水量全開，也難怪牠會變這麼大。

「伯恩哈特，你剛才說什麼來著——要我磕頭求饒是吧？」

我一面對著跪趴在地的伯恩哈特嘲弄道，一面如疼愛貓狗一般，撫摸著貼近我的變色史萊姆。

「沒事別把話說得太滿，你看這下臉丟大了吧。」

我等待貪心的變色史萊姆把地上積水吸乾，才向前邁步。

「你打算丟臉地向手下求救？還是要乖乖認輸，為你的無禮道歉？你自己選吧？拜託選快點。」

伯恩哈特依然跪趴在地。

相對地——全身爬滿蟲子的鱗甲鼬鼠，朝著我襲來。

鼬鼠速度快歸快。

不過牠的關節處被大量甲蟲纏住，兩眼也被羽蟲毀了。

我往後退躲過牠自暴自棄的衝撞，「細絲電（Linebolt）——」我趁擦身而過之際，施展了剛學會的魔法。

我的右手指尖竄出一條如細絲的電氣，捕捉到鱗甲鼬鼠的頭部。

雖然僅接觸了一瞬，但只有我知道的電擊魔法，穿過鱗甲鼬鼠的頭蓋骨，令腦髓產生錯亂。我的消耗魔力幾乎是零，但鱗甲鼬鼠卻摔了一大跤——隨後，牠也被變色史萊姆給壓扁了。

「不會用速效召喚在這時候就是不方便，連逃都逃不了。」

「我……本大爺怎麼可能會逃……」

伯恩哈特站了起來。

他那瀏海高高隆起的鴨子頭整個塌掉，現在連鱗甲鼬鼠也失去了……但他的神情，依然充滿了對我的憎恨。

「本大爺的伽洛克弗雷可還在啊啊啊啊啊啊啊啊啊啊啊啊啊啊啊!!」

他以喊破喉嚨的氣勢咆哮。

此時教室一角噴起水柱，被史萊姆撞飛而沉寂的水精靈，像是呼應他的吼聲再次活了過來。

變色史萊姆快速爬了過去覆蓋水柱，將無限湧出的水吞噬殆盡。

「區區一隻史萊姆，看牠還能撐多久!!」

區區史萊姆——變色史萊姆的吸水力確實是有極限。

於是我走向前。

來到呆站在原地的伯恩哈特面前，直接賞了他的臉一記正拳。

啪嘰──

清脆的聲音響徹整間教室，伯恩哈特整個人往後飛去，坐倒在地。

我抓起伯恩哈特胸襟，瞥向水精靈。

「還沒消失啊。」

我硬是拉起無法理解狀況，呈現放空狀態的伯恩哈特，這次給他鼻梁一記頭槌。

為避免他就這麼倒下，於是繼續抓著他的胸襟不放。

接著我用膝蓋，踢向他無防備的下體。

伯恩哈特表情頓時僵住，「好，消失了。」水精靈終於完全消滅。

要維持召喚獸，需要相當集中精神才行。只要以劇痛或暈厥使術師意識中斷，就能強制將召喚獸送回。這是對戰召喚術師的基本原則，連玩英雄扮家家酒的小孩都知道。

我這才鬆開了伯恩哈特的衣襟。

「──────哦──────哦、啊──────────」

伯恩哈特無法憑自力站著，整個身體縮成一團。

就在這瞬間。

「嗚哦哦哦哦哦哦哦哦哦哦哦哦哦哦、費爾・弗納夫啊啊啊啊啊啊啊啊啊啊——!!」

「他贏了啊啊啊啊啊啊啊啊啊啊啊啊啊啊啊啊啊啊啊啊啊啊啊啊啊啊啊啊啊啊啊——!!」

所有學生高聲歡呼。

同一時間，五名男學生喊著「伯恩哈特先生——」並衝向他。那些傢伙都是惡劣貴族的跟班。他們每個人身上，戴著金手環或戒指之類的奢華裝飾，一眼就能認出來。

五名男學生將我團團圍住。

「卑鄙！你太卑鄙了，費爾・弗納夫！你最後竟然毆打伯恩哈特先生！」

他們開始對我放話，「吵死了！」我如此說道，並命令變色史萊姆小力戳了其中一人，那人便直接飛了出去，此時其他小弟全都衝去關心被打飛的同伴，完全不顧伯恩哈特。

「卑鄙？」

我緩緩逼近道，此時五人臉上只帶有恐懼。

我想也是。我身邊不只有巨大化的變色史萊姆，就連西里爾召喚的「劍虎王澤魯格」也出現在我身後，威嚇著這五個人。

「你們幾個，面對這隻氣到抓狂的老虎，還敢繼續喊卑鄙之類的垃圾話嗎？」

他們嚇得不敢吭聲。

五人之中有一人似乎想繼續叫囂，不過被澤魯格一吼就嚇到腿軟了。

「你們之前把我當白痴耍，現在還想扯這不符合學位戰的規則，有沒有這麼美的事啊。你們說，是不是啊？」

我歪頭恐嚇道。

五個人當場跪倒、額頭貼地。

「原——原諒我們，費爾．弗納夫！我們，其實……是覺得伯恩哈特先生會開心才那麼做，這樣他才會花錢犒賞我們。」

「我們不會再跟他混了。」

「所以拜託，饒我們一命——我們不會再說你窮了。」

「求求你，費爾．弗納夫。拜託饒了我們，拜託你了。」

「求求你大發慈悲——」

我只覺得傻眼——這些傢伙也太沒志氣了吧，我動下巴指使他們說：「那就去跟茱麗葉道歉。」

我目送五人後，便走回伯恩哈特身邊。

澤魯格用牠巨大的前腳，玩弄著全身縮成一團的伯恩哈特的頭，我深怕出什麼差錯，趕緊叫澤魯格住手。

此時腳下傳來顫抖的聲音。

「費、費爾……費爾‧弗納夫……你這傢伙，知道惹怒本大爺，到底會有什麼下場嗎……？」

我一看，伯恩哈特抬起滿是鮮血的頭說道。

「你白痴喔，現在你的生殺大權握在我手上，你還敢囂張啊？」

我如此說道，但鼻子被撞歪、五官整個變形的伯恩哈特口中，「呼嘿嘿嘿，呼嘻嘻嘻」傳來了令人毛骨悚然的笑聲。

「我可是握有破滅之鑰啊，本大爺，才是末日的使徒。」

「……什麼末日？」

「召喚祭上，我第一個就拿你開刀，不論任何人再怎麼掙扎，都無法阻止銀色。」

「…………………」

我之所以沉默，並不是被伯恩哈特散發出的詭異氛圍嚇到。而是想起幾天前，在打工地點被奇怪客人纏上的事。

那個奇怪的客人，也是說什麼破滅、末日之類的……

我稍微有了不好的預感。但這個感覺，「——費爾同學，感謝你出手幫忙。」被身後傳來的茱麗葉的聲音所打斷。

我一語不發，把伯恩哈特前方的位置讓給了她。

我對茱麗葉和伯恩哈特的糾葛沒多大興趣，我將變色史萊姆和蟲群大軍送回。

「西里爾也太愛操心了，要比打架，我怎麼可能輸給那五個傢伙。」

我撫摸著澤魯格的大臉，牠蓬鬆的體毛長到可以將手肘埋入。

「──我母親一點都不汙穢!!」

突然傳出喊聲，我回頭一看，茱麗葉一記高踢，狠狠地落在伯恩哈特的下巴，這一擊使得伯恩哈特完全沉默。

看他肩膀還有在動，應該是沒死……不過估計短時間內是起不來了。

接著茱麗葉轉向我。

「對不起給你添麻煩了，不過，我是真心感謝你。要是費爾同學沒來，我恐怕──」

她對我深深鞠了一躬。

我苦笑回應這位同學。

「沒關係啦，我只是被他弄得一身溼才感到火大，現在能修理他一頓，也讓我舒暢不少。」

此時我突然看見，薩沙．席德．祖爾塔尼亞和高等魔術學的老師，兩人走向我們。

茱麗葉擋在我前面說道。

「慢著，老師請等一下，這一切都是我──」

大教室被毀得面目全非，加上課程也被耽誤，她這麼說八成是想負起責任。

但兼任學院理事的王女薩沙，原諒了茱麗葉的行為。

「詳情我聽露露亞說明了。教室的修繕費用，由伯恩哈特‧哈德切赫全額負擔比較妥當。」

我和茱麗葉頓時鬆了一口氣。

薩沙望向我笑了笑說。

「你什麼都會呢。」

我微舉雙手聳肩說道。

「我只是有樣學樣罷了。」

實際上，我並沒有找專家學過徒手格鬥——只是在酒館打工時，看醉漢互毆學的。

「那個也是，不過你剛才有用一個奇妙的魔法對吧？像絲的那個。」

「……我只是稍微嘗試看看罷了。」

「詳情我就不問了，看你有為召喚祭做準備，我就放心了。」

接下來薩沙開始和高等魔術學老師討論後續該如何處置。

兩人口中冒出了「補課」、「其他教室」之類的詞彙，我才終於明白，自己給薩沙和老師添了多大的麻煩。

我本來打算等薩沙和老師對話結束後，向她們倆道歉……不過薩沙卻主動走到我身邊，微微一笑說道。

「不過，這樣子，也挺像在揮灑青春呢。」

我蹙眉心想——這傢伙在胡說什麼啊。

總之，反正高等魔術學的課程上不了，那我最好先回學生宿舍一趟，把溼透的魔術師服換掉，要是動作不快點，我擔心真的會感冒。

16. 召喚術師，從公主口中知曉神話

「不對啦，我就說了，怪物應該不只有潘多拉吧？」

「不，絕對只有潘多拉，牠可是造成世界末日耶？不光是人類，而是將世界整個終結了啊？就算『諸神時代』的怪物都十分強大，也沒那麼容易造成世界末日吧。」

「……我覺得比起怪物，眾神還比較亂來。」

「啊啊，確實是。不過啊，就連破壞神福拉卡，也因為無法砍倒世界樹才以自身傲慢為恥。」

「只有最高神和潘多拉擁有破壞世界的力量，所以最後，才會是牠們單挑。」

「看到沒，費爾。我投米菲拉一票。」

「啊啊夠了——這學院就沒有神話的專家嗎？」

「神話學可是教會的獨家專利啊，還是你要去找他們問？」

「找僧侶啊，可是每個僧侶說話都又臭又長的，要是問了不該問的東西，還有可能被罵是無禮之徒甚至吃上說教。」

中午的食堂，擠滿了超過兩百名學生。

有人為準備午後的學位戰來養精蓄銳，也有人和朋友談笑，還有在這抱怨上午課程作業太多的人……當然，也是有不少人獨自靜靜用餐。

我和隊友三人在食堂，討論起各自對於神話的看法。

議題是——除最高神善和潘多拉以外，是否有能夠毀滅世界的存在。

「實際上真的找不到幾個能毀滅世界的傢伙啊。雖然『諸神時代』，動不動就險些發生世界末日。」

「所謂的神話，也不過是根據各地傳說和大精靈的故事拼湊而成，有些看似旁枝末節的故事，卻是真實事件的另一個面相，這可是常識啊？」

「話雖如此，炎巨人只燒了加爾巴山真是讓我震驚了，傳說中講到『所有山脈都燒了起來』，我還以為——」

「那個只是嚴重點的火燒山故事，就規模而論，『灶神的大失敗』燒得還更慘。」

「竟然輸給煮飯超難吃的女神，巨人也太丟臉了吧。」

周圍充斥著交談聲，我和西里爾自然而然地提高音量。只有米菲拉一如往常地隨心所欲地發言。

我將每天的主食炒青菜塞入口中，「不過嘛，到頭來世界確實還沒被摧毀過，說不定真的只有潘多拉能做到。」我一面嚼著食物，一面望向食堂高高的天花板。我將椅子往後靠，椅子一點一滴向後傾。

「——哦？」

就在我的屁股差點從椅子滑下來的時候，我和走在長桌間走道的白金髮美少女對上眼。

薩沙・席德・祖爾塔尼亞和其他學生相同，手上拿著放有料理的托盤，她特地停下腳步，對我的姿勢發表怨言。

「……這樣也未免太沒規矩了吧？」

「原來是薩沙啊。」我重新坐正，心裡突然產生一個想法。

「我說薩沙，這邊還有位子，要不要偶爾一塊吃飯？」

「與其說是偶爾——應該說這是第一次吧？」

薩沙聽了我突如其來的提案，微微露出苦笑。

不過站在她身後的兩名少女，則露出了難以置信的神情。

在學位戰與薩沙組隊的一名死板少女，眉頭緊蹙、戰戰兢兢地問我。

「費爾・弗納夫，你這說話方式……是把自己當成薩沙大人的朋友，還邀她一起吃飯？」

我咬著硬到讓下巴痠痛的黑麵包回道。

「她雖然是公主，但在學院裡就只是普通的同學，哪需要客氣什麼。」

「我就是叫你放尊重點！」

突如其來的怒吼。死板少女的反應正如我所料，把周圍吃飯的學生嚇得將視線集中在她身上。

「啊——那個……」

死板少女陷入沉默。

薩沙為緩和這一瞬間的尷尬。

於是將托盤放在我身旁的座位，「說得也對，和同學吃午餐增進感情，也不失為一個好選擇。」她拉椅子說道，光是她這麼做，就使得緊張氣氛煙消雲散。

「好了，米蕾耶、多蘿西亞，妳們也坐下吧。」

薩沙公主坐在身旁，令周遭學生議論紛紛，但也只是一時。過沒多久，大家就再次回歸到平時的午餐時間。

我瞄了一眼薩沙的午餐——每日套餐，吃的東西跟平民沒兩樣，這倒讓我有些意外。

「真難得妳會來食堂吃飯。」

「今天是我硬擠出時間過來的，每天都吃三明治辦公，身體可是會撐不住。」

「也是啦——畢竟身兼王女和學院理事工作，妳可別逞強累倒啊。」

「你也不遑多讓，剛才你還特地介入茱麗葉的決鬥，我都不知道費爾·弗納夫的興趣原來是幫助人。」

「妳想太多了，我只是性子急了點。」

看著我和薩沙閒話家常，不光是薩沙的兩名隊友，就連西里爾和米菲拉都不禁面面相覷。

忽然，薩沙對著坐我對面的西里爾笑道。

「上次一起吃飯應該是兒時的事情了呢，西里爾。」

校園第一的美男子露出溫柔的微笑回覆道。

「這跟當時可完全不同啊，薩沙。那時候我甚至無法直接稱呼妳的名字，也無法像費爾那樣不拘小節對吧？」

這簡直就像青梅竹馬的對話。

而我將堆成小山的炒青菜塞入口中說：「餐桌上也不會出現炒青菜。」

這句話驟然令薩沙的一名隊友噴笑。

「所以呢，費爾・弗納夫？你找我一起吃飯，肯定是有什麼事吧？」

「妳直覺可真準。」

「想不知道也難吧。」

此時薩沙終於開始吃起自己的每日套餐。她用刀叉將煮魚切開、送入口中，那一舉一動都優雅到令人難以置信。她口中有東西時，也從未開口說話過。

我趁薩沙吃東西時把話接著說下去。

「雖然只是閒聊等級的問題——」我先講了簡短的開場白。

「妳覺得神話之中最強的存在是什麼？神、怪物，什麼都行。我們剛才聊到這個話題，西里爾和米菲拉認為最強的是最高神和潘多拉，我怎麼講他們都聽不進去。」

薩沙不禁發出驚奇的聲音說道。

「欸——好無聊。」

「別這麼說嘛，我知道討論神話中誰最強很孩子氣。不過嘛，我就是有點在意。」

「你不會是想寫召喚術師大顯神威的小說吧？」

「哪有可能。只是我最近經常聽到破滅啊、末日之類危險的話題，我打工地點的醉漢也說個不停。」

「所以，你認為才想知道什麼東西會招致末日？」

「身為八大王國的王女，神話應該是必修科目吧？懂的至少會比不常出入教會的我還要多。」

「你太抬舉我了。」

「炎巨人和灶神的失敗，哪個造成的災害比較大？」

「那當然是灶神啊。」

「看吧，光這樣就已經懂得比我多了——不過嘛，最高神跟潘多拉大家都知道。

問題在於，除了牠們外，還有沒有能連結到世界末日的神或怪物。」

西里爾插話道：「我和米菲拉認為肯定沒有。」他用刀子切開肉排，並以沉穩的語調將至今的討論結果告知薩沙。

「比較有可能的是根源精靈和世界蛇，還有利維坦——不過光從牠們無法擊穿潘多拉裝甲這點判斷，就知道牠們的力量無法毀滅太陽或是星球。」

「『愛與策略的女神帕拉』呢？」

「祂應該算是『最麻煩』的，但最後還是得考慮到戰鬥能力。能夠直接破壞世界的力量……女神帕拉再怎麼聰明睿智，將祂隻身放到荒野，恐怕也無法活下來。但如果是潘多拉，牠肯定還是能將荒野連同世界一併毀滅。」

「畢竟帕拉神，也是因為有潘多拉，才會被冠上『災厄』之名啊……」

「就單獨或是少數就能直接破壞世界——從這一點來考慮的話，並沒有多少存在能夠做到。」

「的確是，用這條件就能剔除大部分候補。」

在我打工地點高談末日的醉漢，已經跟他說著類似瘋話的伯恩哈特・哈德切赫。

在我們討論世界末日時，我將自己感受不對勁的種種蛛絲馬跡，全都告訴了西里爾和米菲拉。但西里爾卻笑說「這也未免太荒唐了」，最後因為我無法就這麼退讓，才會開始議論起這個話題。

當然，我也不是認真擔心這個世界即將迎接末日。

——反正只是巧合，一群傻子在胡說八道。

薩沙咀嚼著煮魚，陷入沉思。最終她將食物吞嚥下去說：「我也跟西里爾和米菲拉持同意見。」

我沒有反駁。

「那就沒轍了，如果薩沙都這麼說，那答案應該就是如此。」

我硬是把這結果吞下，並碎念道。

「不過——那是只局限在諸神和怪物的話。」

「哦？」

「西里爾和米菲拉都忘了嗎？與潘多拉大戰的最高神善，祂真的是善良之神嗎？祂不是還做些其他天理難容之事？」

即使薩沙如此說，但記不清神話的我，根本不明白她在指什麼，況且關於最高神的故事，大多數都還挺過分的不是嗎？

「……對啊……還有六鐵執行者。」

我對西里爾口中的詞彙完全沒有印象，只能裝懂附和說「原來如此，執行者啊」。

米菲拉開始屈指數數。

「嗯……鐵之恩寵碾碎者、金之拂曉引領者、銀之天使吞噬者、銅之暗夜蠱惑者，還有——」

「鉛之咒文騷亂者，跟鹽之夢境潛伏者。」

全都是第一次聽到，這些到底是什麼東西啊。

薩沙或許是讀懂我困惑的神情，使得她接下來的說明，如同教會僧侶講道一般親切仔細。

「執行者的故事在神話中也被草草帶過，加上有不少人討厭，所以教會有時會省略。故事是這樣的——至高神善，利用死去之神的骸骨，打造覆蓋天空、大地、海洋的六鐵執行者。鐵之恩寵碾碎者、金之拂曉引領者、銀之天使吞噬者、銅之暗夜蠱惑者、鉛之咒文騷亂者、鹽之夢境潛伏者。到了明晚，所有執行者皆倒於終界魔獸面前——這裡的死去之神，是說最高神善的外遇對象——獻身女神娜雅。」

「慢著——女神娜雅，之前不是下場也很悽慘嗎？」

「正因為這樣，女性特別排斥執行者的故事。她為了心愛的男人盡心盡力，最後卻連亡骸都被拿來利用。」

「怪不得我沒聽說過，我們村裡的教會，肯定是顧慮到大嬸們的心情才沒提。」

「畢竟最高神非常不受女性歡迎嘛。」

「不過薩沙？那個叫執行者的，真的有辦法毀滅世界？牠不是被潘多拉幹掉了？」

「牠們對上潘多拉可是撐到了隔天晚上呢？諸神即使蜂擁而上，也是被潘多拉一擊就殺死了，這樣算打得夠漂亮了吧？」

「這樣說也對。」

「況且，最高神好歹是用情人的亡骸當材料打造出來的，應該不會拿來用在毫無勝算的戰鬥……這可能只是我自己的期望就是了。」

「哼——所以也不能肯定牠能毀滅世界啊，但我覺得雖不中亦不遠就是了。」

我吃著炒青菜，感覺心中鬱悶漸漸舒緩。

最高神善的遺物，哪有可能突然就在這個時代冒出來。假設，這玩意真的讓人找到，人類也不可能操弄神的兵器。

「結果，只是我白操心啊……」

關於神話的最強討論就到此告一段落。午餐的話題，轉到十天後終於要舉辦的召喚祭上。

「——雖說有勝算，但肯定會鬧出大問題。即使打倒薩沙贏得優勝，我也無法想像會被罵到什麼程度。」

「即使如此，我們三人依然認為有嘗試的價值。」

「一如往常，能用的東西就全部用上。」

「你們幾個先等等，你們到底在打什麼主意——」

薩沙看我們幾個故弄玄虛，便露出了詫異的神情。

我們臉上，浮現出孩童隱瞞惡作劇的邪笑，接著三人不約而同地說道。

「放心，我們沒有違反召喚祭規定。」

17. 召喚術師，於黑夜看見天使

十二月的夜風，漸漸將我臉上汗水吹乾。

我盤坐在高聳『岩山』頂上，呈現半放空狀態。自北西方飄來的雪雲帶來強風，即使我的外套隨風飄揚，我依然不打算扣上前扣。

我獨身一人，望向藏住月兒的天空。

「唉……」

嘆息中夾帶熱氣，全因為我直到剛才都在施展魔法。

老實說，魔力已所剩無幾，強烈的疲勞感讓我連一根手指都懶得動。

不過——心情倒是暢快。

我興奮到身體要是能動彈，甚至想舉拳歡呼的程度。

這是成就感……以及安心的感覺。

我在這又乾又冷，還被黑夜孤立，內心卻滿懷暖意。如今——我心中沒有丁點焦躁、不悅，以及對他人的羨慕之情。

我一心只感慨著「終於趕上了……」。

沒錯。

明天就是召喚祭了，趕上了，我們終於趕上了。

終於能在某種程度上……讓潘多拉巨大的屍體，隨我的意志行動。

驀然間，我對黑夜空氣自嘲道。

「我這蠢材……哪可能這麼簡單就控制牠啊……」

即使讀了魔術書《托爾耶諾克席恩》，學會電擊魔法・細絲電（Linebolt），那也不是終點。

站起身來該如何保持平衡。

步行時該按照何種順序，在哪個部位用力。

和西里爾為替代潘多拉眼睛，所叫出的飛行召喚獸之間該如何配合。

要做的事情太多了，每當覺得有了進展，卻又產生新的問題——這使以為學會細絲電（Linebolt）便萬事搞定的我們慌亂不已。

我根本不記得這一週發生什麼事。

這都怪為了讓潘多拉屍體行動，緊接而來的難題令我們忙翻了。

首先是要隱瞞潘多拉的存在，我們平時會飛到無人的大荒野練習，但這次為節省移動時間，我們選擇夜晚在貿易都市拉達馬庫附近的山地行動。

至於打工，我拜託老大讓我請假……

打工一請假，使得我原本就輕到不行的荷包，更是空空如也，甚至到了湊不出明天飯錢的程度，要是這樣還趕不上，那才真是慘不忍睹。

風不斷吹拂。

我獨自坐在山頂上。

西里爾和米菲拉先回學生宿舍了。

烏雲遮蔽了月亮，我根本不清楚現在幾點，但肯定夜深了。

他們沒必要陪我吹晚風發呆。等我魔力恢復後，再召喚巨大蝗蟲回去吧。

「跑哪了……」

我在黑暗中摸索懷裡，取出了小本皮革書──也就是『召喚詩集』。

當下伸手不見五指，我只能翻開書頁……用食指掃過羊皮紙。

我不注入魔力，背誦起「終界魔獸潘多拉」的召喚咒文。

「……反抗絕望之魔獸，自昏暝之海浮現，振翅高飛迎向天際。迎接末日的世界所託之願將拯救魔獸，拂曉之冰因慟哭反響。」

雖然不清楚意思，但這召喚咒文一念出聲，就令人產生了溫柔的印象。

「勿為喪失而贏得的明日悲哭，為燒毀遺址綻放的花朵歡笑。」

這召喚咒文實在不像是形容殺死眾神的魔獸，不過我很喜歡。

「魔獸於夜晚隻身……為崩壞殞落之星獻上旋律…………現在，慈悲為懷之汝，接受祈禱的魔獸，踏上遙遠旅途之時到來……」

我閉眼思考。

我的潘多拉……被如此溫柔的咒文召喚出的潘多拉……竟會引發終結「諸神時代」的戰爭，那真的是事實嗎……？

「真美的詩。」

頭頂上驟然傳來了優美的聲音。

我沒回頭，只是被有印象的聲音嚇到，並沒有失去冷靜。

我逐漸將視線往上移。

「這就是呼喚你『分身』的詩嗎？」

薩沙的白金髮，在我抬眼所見的虛空中飄逸。她站在泛著微光的大天使掌心上俯視我。

她身上只穿著連身裙型的睡衣，上頭再披一件大衣。一眼就能看出，她是急忙從學生宿舍飛出來的，夜晚強風吹起她的裙子下襬，使我不時窺見她美麗的雙腳。

「嗨，薩沙。」

我向她打了招呼，「晚安，費爾・弗納夫。」她也向我問候。

「真是個不錯的夜晚。」

「是嗎？月亮沒有露臉，看起來還像是要下雪了。」

「對我而言比起月亮，能夠近距離看到美麗的公主殿下和大天使，那才是大飽眼福。」

「……莫非，你這是在追求我嗎？」

「妳在說什麼鬼話？」

「算了，先不提這個──你沒事吧？我看你好像累壞了。」

「誰叫我直到剛才還在拚死特訓。」

「你一個人在這種深山？」

「才不是一個人，只是明天要召喚祭了，我叫西里爾和米菲拉先回去。我只是想一個人在這發呆，等魔力恢復了就馬上回去。」

我偷偷將視線移向大天使……牠那相當於十名成年男子的巨體，穿著露出度極高的鎧甲，而牠的大臉上，戴著隱藏眼部的銀假面。

我歪頭嘗試窺探她假面底下的真面目──頃刻之間，大天使默默將下顎後縮，看來是沒那麼容易讓別人看到。

天使白淨的肌膚散發出柔和的光芒，在這黑暗之中，看起來就像是朦朧的月色。

「倒是薩沙妳怎麼跑來了？妳穿著一身夜間散步般的打扮，總不是來探查敵情的吧？」

大天使的光芒，照耀著我所坐著的『岩山』表面。

只不過這座岩山被砂土覆蓋，使得它凹凸極少的表面，以及特異的青黑色被隱藏起來。

「……街上的人們紛紛擠進學院裡面。」

「啥？」

在這月亮和星星都被遮蓋的黑夜，除非打從一開始就有所懷疑，不然大多數人都不可能發現，我腳下的岩山「其實根本不是隆起的大地」。實際上，薩沙也絲毫沒有察覺。

我現在坐的這個——失去上半部的山，其實就是潘多拉的頭上。

「他們吵說從山那一頭，傳來了奇怪的聲音，希望學院去調查發生了什麼事。」

「啊……原來，抱歉……」

薩沙這麼一講，我只好老老實實道歉了。

「所以是你特訓的聲音傳到了拉達馬庫？」

「應該是。我以為隔這麼遠應該不會有影響，看來是我太天真了。」

「……你在這山上做什麼？」

「……只是稍微跟搭檔做特訓。」

「稍微？我靠塞西莉亞從學院飛過來，可是花了五分鐘喔？」

「五分鐘啊，我用蝗蟲回去大概得花三十分鐘。」

「請別岔開話題，如果是龍的咆哮，傳到拉達馬庫也不足為奇……但街上的人說，聽到像是巨人走路般的鈍重聲響──他們甚至擔心起，今晚火山會不會噴火。拉達馬庫周圍並沒有火山，他們聽到的到底是什麼聲音？」

「抱歉，總之抱歉，全都是我的錯。」

「快點回答我，費爾・弗納夫。」

「這個嘛、呃──」

薩沙以理性壓抑住怒氣和猜疑心，用沉著的聲調說道。

但我事到如今仍不斷思索，有沒有什麼藉口能拿來搪塞她。既然薩沙沒有察覺潘多拉的存在，那還是別讓她知道最好。

我第一時間想到的藉口是──我用電擊魔法強化了「分身」的能力，八成是當時的雷聲傳到鎮上，但不知為何我卻遲遲無法說出來。

結果從我口中吐露出的話是──

「可惡，該怎麼辦。」

這般糾結的碎念。

看來我說什麼，都不想對眼前的少女撒謊。

我這十八年來的人生所培育出的道德倫理，告訴我不要為了度過這個局面而對薩沙說謊。

為什麼不是學院的老師，而是「席德王國」的第三王女前來啊？

為什麼她會在深夜，穿著睡衣加大衣跑到這種深山？

……那還用說，一定是她穿成這樣面對民眾，然後對大家說「我和大天使去調查，請各位放心」。

薩沙・席德・祖爾塔尼亞這位公主，深知自己應負的責任，才有辦法輕易做出這樣的決定。

「早知道跟西里爾他們一起回去了。」

我一面詛咒自己的愚蠢，一面緩緩站起身，接著將腳下「潘多拉把山的一部分轟飛時揚起的砂土」踢開，讓潘多拉稍微展露出真面目。

其實我並非不願意給人添麻煩，純粹是不希望讓別人知道我有潘多拉這張底牌，但又不想對薩沙說謊。

現在最大的問題是，魔獸潘多拉確實就在現場，牠大到根本藏不起來，要解除召喚送回也為時已晚。

若不是因為我使盡各種花招跟薩沙打哈哈，不然早就被她看穿了吧。我腦中浮現出數十種謊話和藉口，只要神態自若地說出來，或許有機會蒙混過關。

我不經意抬起頭來。

「我——」

大天使將手伸向我站的地方。

薩沙在毫不知情的狀況下，站上了潘多拉的頭部。她雖然一瞬間為這岩山的奇形怪狀感到驚訝，但大天使身上散發的微光，並不足以讓她察覺真相。

她一著地，便倏地與我縮短距離。

「妳、妳幹麼……？」我忍不住想往後退，卻被薩沙抓住右手，整個人無法動彈。

她的手十分冰冷，真不知道她是用多快的速度，在夜空中飛馳。

在我停止動作的瞬間——薩沙以指尖撫摸我被汗水濡溼的頭髮。或許是為了報復我之前摸她頭的事，她的動作略微粗魯。

「我可是非常擔心。要透過塞西莉亞的感覺找人，可是意外地費功夫呢？」

我輕輕揮開薩沙的手，露出苦笑說道：「一般而言，不會認為我們是造成問題的原因吧。」

「這次是緊急狀況，當然會臨時點名。」

「原來如此，所以才發現我不在宿舍啊。」

「關於無故外出的懲罰，舍監已全權交給我處理了，之後請乖乖接受說教。」

「……真是抱歉。」

「等我回去，街上應該就會恢復平靜吧。不過，我需要知道理由。」

「……我想也是。」

「那麼，費爾．弗納夫——你們三人，究竟在這裡做了什麼？不論你打算對街上的人說謊，還是要告知事實，都必須對我說明真相。」

她的說話方式，就像是對小孩講道理的母親。我不禁將薩沙的一字一句，和死去母親的聲音重疊在一起。

「唉——」

我仰望被雪雲覆蓋的天空，深深嘆了一口氣。

即使我被薩沙打動，也無法背叛一路陪我練習的西里爾和米菲拉，就在我做好覺悟，準備扯起瞞天大謊時。

月亮出來了。

月亮從覆蓋天空的雲層隙縫中探出臉來，月光靜靜地落下，照亮了十二月的靜謐夜晚。

被黑暗籠罩的一座座山脈，紛紛露出真面目。

我們位在被河川侵蝕的山間溪谷——俯瞰著被河水切割的連峰，而我和薩沙所站的岩山，形狀特別複雜。

換言之……就是一個無比巨大的魔獸坐在溪谷上，而我們又站在魔獸頭頂。

跟周遭地形比較起來，有著十分明顯的差異。

覺得不對勁也是理所當然。

這座巨大的岩山，不可能被當成是形成這座溪谷的山脈。

「連月亮都出來了呀……」

我搔首碎念道。到此為止了，做好覺悟吧。

虧我下定決心要說謊度過這次難關，現在變亮了，想瞞都瞞不住，況且面對薩沙，就算想硬拗也拗不成。

這真的只是巧合嗎？

還是說掌管正義和真實的神明，要求我誠實以對呢？

不論是哪種可能性，如今我只剩下坦承以對這條路可走。

「好吧，薩沙。我這就現給妳看，睜大眼睛瞧仔細了。」

我話還沒說完，月光就將潘多拉的存在開誠布公。「慢著——你等一下……這個、是什麼——!?」薩沙驚道。

隨著月光照亮範圍擴張，薩沙開始環顧周遭的景色。

我再次踢飛腳下塵土，接著大力跺地。

「這就是我的『分身』。」

薩沙驚慌失措地看著我，我們倆剛好四目相對。

「終界魔獸潘多拉，夠嚇人了吧？」

薩沙．席德．祖爾塔尼亞的美貌，蒙上一層恐懼和驚詫的色彩，這可是我從未見過的模樣……無敵的女召喚術師竟然慌成這副德行，實在太過罕見，看得我只能笑了。

興奮之情不斷高漲，甚至到了我無法控制自己的言行。

「只是嘛，牠現在死了動不了。」

我反射性地說出這句話後才驚覺「啊、說溜嘴了」——頓時間，我的臉色整個鐵青。

18. 召喚術師，立於榮耀舞臺

一陣風吹過。我們走在熱鬧的拉達馬庫街上，只要仔細聆聽，就能聽見精神飽滿的招客聲和極具節奏感的打鐵聲。

在這當中。

「對不起啦～我不小心說溜嘴了～」

巨大的鳥嘴銜住我的外套後襟，將我吊在空中。

「這不是不小心就能了事的吧，你怎麼偏偏把最重要的部分告訴她？」

「致命錯誤，不像費爾會做的事。」

「你搞成這樣，害我都懷疑薩沙是不是色誘你了？」

「我只是太過鬆懈啦～最後就順著氣氛說了出來～」

「哪有白痴會把自己的弱點，告訴幾乎確定會奪冠的優勝候補啊？她可不是少了潘多拉能贏過的對手啊。」

「可惡～我為什麼會做出那種事～」

平時，貿易都市拉達馬庫上空是禁止召喚獸飛行的。

不過今天是召喚祭，召喚術師在一年之內最耀眼的日子。

學院戰直播設備，只會設立在學院的多功能大廳；但在這一天，會將小型版的直播設備，設置在拉達馬庫的各個街角，讓超過三十萬的觀眾陷入狂熱。

人們會從所有建築物中離開，塞滿整個街道，那景象聽說十分壯觀。

只要召喚術師的戰鬥一開始，就連死板的公務員，也會提早結束工作，拿著啤酒聚集在螢幕前觀戰。

這與老幼貧富沒有關係。

不論貴族們住的高級住宅區、擠滿男女老幼的大市場，或是連明天食物都沒著落的貧民街，都會設置召喚祭的直播螢幕，讓所有人觀賞召喚術師，以及他們驅使的召喚獸的英姿。

另外——只有登上召喚祭舞臺的優秀召喚術師，才能在召喚祭當天早上，和召喚獸一同上街。應該說，參賽者是被命令上街去做宣傳。

我們坐著西里爾召喚的大怪鳥，在拉達馬庫上空悠哉盤旋，朝下鳥瞰，能見到小山大小的草食獸，緩緩走過大街。

小孩子在草食獸腳下排成一列，仰望著比自己大上數千倍的召喚獸，並跟草食獸的召喚術師握手。

不論在哪個時代，召喚術師一直都是小孩子的憧憬。甚至在「將來最想從事的職業排名」中，長年位居第一名。我想應該是能和龍、巨獸、美麗的精靈，這些超越人類的存在成為搭檔這點吸引小孩吧。

細雪在冬天的天空紛飛。

「奇怪？怎麼只有費爾・弗納夫乘坐的方式特別奇怪？」

除了雪外，還有一道熟悉的聲音也從上空落下。

我往上一看，才發現是露露亞・弗麗嘉和她的兩名隊友。

她站在被蓬鬆長毛包覆全身的巨大白龍上，對著被大怪鳥銜住的我呵呵微笑。隨後，白龍在空中翻轉，移動到大怪鳥的正下方。

白龍與大怪鳥保持等速飛行。

跨坐在白龍脖子的露露亞和被大怪鳥銜在嘴邊的我，像在教室裡閒聊般交談。

「……因為西里爾和米菲拉正在生氣。」

「在召喚祭當天？那還真是搞砸了呢。」

「這次百分之百是我的錯，我實在太蠢了。」

「所以才讓你在這裡反省？合作無間可是你們最大的強項，要好好相處才行呀。」

大怪鳥背上的西里爾插嘴道。

「他把我們王牌的弱點告訴了薩沙。」

露露亞拍手大笑，她明朗的笑聲，響徹了整個沉重陰天。

「難怪你們會生氣！換作是我也會生氣！啊哈哈哈！真不像是費爾・弗納夫會做的事！你不會是被薩沙公主色誘了吧？」

「拜託妳別跟西里爾說同樣的話好不好……」我垂頭喪氣回道。

「所以呢？所以你們的王牌到底是什麼？有什麼弱點？能告訴薩沙公主的話，那應該也能告訴我吧？」

「少說蠢話了，我要是再多嘴肯定會被西里爾幹掉。」

「要我露個大腿給你看也行喔？」

「妳就是脫個精光我也不會說。」

我放完話，露露亞再次放聲大笑，連她召喚的白龍，也發出了優美的鳴叫。

「公主殿下可真是幸運呢，你們的花招多到令人防不勝防，她竟然能知道你們的祕密。」

隨後，米菲拉的呢喃刺穿我的心臟。

「多虧他，我們還得重新考慮對策，有夠麻煩。」

西里爾和米菲拉倆，認為潘多拉被看到也是無可厚非。但他們之所以生氣，是怪我多嘴講出「牠現在死了動不了」。

就算是看到學院最強驚慌失措的模樣感到興奮，也不該說出潘多拉無法自力行動這個重大機密。

如果是薩沙的大天使，就能瞄準我坐進潘多拉的瞬間打倒我。

「抱歉啦。」

露露亞看著被吊在空中垂頭喪氣的我，又再次笑了出來，接著她轉移話題說：

「話說回來，你們有聽說伯恩哈特的事嗎？」

我一語不發地搖搖頭，但西里爾似乎消息比我靈通。

「我聽說那次事件之後，大家再也沒看過伯恩哈特了，他不只沒去上課，甚至沒有回宿舍。他的兩個隊友，還跑去他老家找人對吧？」

「就是啊。那群馬屁精——繞在他身邊賺零用錢的小弟，似乎完全放棄伯恩哈特了，但他學位戰的隊友可無法就這麼算了。」

「再怎麼說他的隊伍也出賽了召喚祭，要是因為行蹤不明被取消出賽，肯定會被當成懦夫，淪為全學院的笑柄，也難怪隊友會想盡辦法要把他找出來。」

「結果呢，有找到嗎？」

「還是不知去向。其實昨天，伯恩哈特的隊友跑來向我哭訴，還要我告訴他們貴族專用的地下沙龍，我根本不知道那種東西，只好把他們攆走了。」

「看來他似乎在檯面下有所動作啊。」

「最後找到他了嗎？」

「與其說是找到——不如說是看到吧。」

「哦？」

「昨晚舉辦了魔術師協會的會員制拍賣會，艾瑞卡跟哈雅娜在會場看到他。你知道她們倆有在收集知名魔術師的遺物吧。她們說當時戴著帽兜看不清楚，但那人很像伯恩哈特。」

「魔術師協會？那不就在學院附近嗎？」

「沒想到他會出現在附近呢。你們猜猜看，他去拍賣會標了什麼東西？」

「實在沒興趣……魔術師協會是吧？看了會發瘋的畫？」

「哪有可能呀，是召喚石。能召喚出天使的召喚石。」

「他好歹也是召喚術師，竟然跑去標召喚石？那個不是有錢人拿來當護身符用的嗎？我記得叫出的召喚獸，也只有相當於尋常魔術師的力量。」

「不過畢竟是天使，聽說最後價格喊到很高。」

「我想也是，但一般召喚術師可不會把錢花在那種地方。與其花大錢買個用一次就沒了的消耗品，不如花時間跟天使締結契約。」

「跟天使締結契約？伯恩哈特做得到嗎？」

「如果把他召喚術以外的記憶全部消除，讓他重新做人，那也許有機會吧。」

「哈哈哈！不過按常理思考，應該是為了對應速效召喚吧，畢竟之前才被費爾•

弗納夫修理過。」

「所以才買不需詠唱咒文就能發動的召喚石啊，也未免太奢侈了。」

「他可能擔心敵人製造隊友無法輔助他的情境吧？畢竟發生過茱麗葉那件事，現在大家都知道他對速效召喚沒轍。」

「我們倒是只能苦笑了。」

「整個拉達馬庫的人看了都只能苦笑吧。竟然有召喚術師在這大舞臺上使用召喚石。不過他即使丟臉仍想獲勝的執著，倒是令人佩服。」

「畢竟我們一年級生，在第一局就得對上高年級。哪怕引人失笑，總之贏家就是正義。」

「是啊，薩沙公主在一年級裡太過出類拔萃，不過對我們來說，對上二、三年級多半只能當學經驗。」

「露露亞妳們第一輪的對手是三年級吧？」

「你們則是對上二年級。我們彼此就先努力挺過初賽吧──我先走了，不好意思打擾了。你們倆就原諒費爾．弗納夫吧。」

結束漫長對話後，露露亞驅使白龍快速攀升。

然後，有著蓬鬆長毛的優美白龍，如跳舞一般，在拉達馬庫上空四處飛行。現在地面上目擊白龍舞蹈的人們，肯定在放聲歡呼。

街道似是綿延到地平線的另一頭。

擁有三十萬人口的巨大都市上空，大到足以讓巨大的龍、大怪鳥、渾身纏繞雷電的大蛇、天馬群、飛空的鯨魚等飛行召喚獸自在地飛舞。

我在大怪鳥的嘴上悠哉地看著街景，也完全看不膩。

此時我們正好飛到拉達馬庫東邊的大市場，我試圖從空中尋找出我的打工地點「大眾酒館・馬涎亭」。

就在此時。

「嗯？」

在面對大市場的其中一條道路上，有位女性不斷向我們揮手。

那是一位留著一頭棕色頭髮的年輕女性——也就是我打工地點的外場人員，伊莉莎小姐。她竟然能看見距離地面兩百梅傑爾的我們？如果是真的，那她眼睛也太好。

我正想揮手回應時，「聽到了沒，費爾。」西里爾突然向我搭話，使我優先對他產生反應。

「抱歉，你指什麼事？」

「我說伯恩哈特。對方好像想了不少應對手段。」

「啊啊——似乎是這樣。明明其他召喚石也能對付速效召喚，他竟然跑去買天使的召喚石，也未免太闊了吧。」

「費爾也覺得這點不對勁嗎？」

「換作是我就寧可買便宜貨，以數量取勝。說是便宜貨，每顆召喚石的價格，都貴到能蓋一棟房子就是了。」

「對伯恩哈特而言，天使召喚石的價格也不是筆小數目。」

「……意思是他必須得用到天使是吧。」

「話說回來，召喚石叫出來的天使，強度大概落在哪邊？跟費爾的蟲群應該相去不遠吧？」

「大概吧。召喚石叫出來的召喚獸，並沒有和主人一心同體，這可是相當明顯的缺點。」

「那關於這件事，費爾是怎麼看的？」

「天曉得……我們就先看看他的本事吧。反正對方也和我們一樣，要是不打贏就根本沒辦法對上。」

「說得也是，就算你把祕密洩漏給薩沙知道，我們還是得打到決賽才能跟她碰頭。」

「這件事真的是非常抱歉……」

此時——

西多拉大聖堂的鐘聲響起，那聲音大到不論飛在拉達馬庫何處，都能夠聽得一清二楚。

聖堂是由十來座造型略帶渾圓的尖塔所組成，其造型與周遭環境完美地融合，有如一體成型。每個尖塔的頂端各自設有吊鐘，當鐘聲同時響起，便能響徹整個拉達馬庫。

這是告知早上十點的鐘聲。

同時也是昭告所有人，召喚祭即將開始的鐘聲。

「時間到了。」

西里爾說完，便驅使大怪鳥振翅，牠在大市場上空大大地回轉後，直直朝街道北方飛去。

飄在空中的細雪不斷撞到身上，實在叫我感到厭煩。我以雙手遮臉，並用手臂之間空出的隙縫窺探前方。

貿易都市拉達馬庫雖然沒有城牆……但學院用地北側，有著高達八十梅傑爾的厚重牆壁，將市區阻隔開。

這道高牆是為了保護市民，不受學位戰時召喚獸的戰鬥影響所設置的。

而造型相異，如同兩座巨大古城的學院校舍，其實也同時是能通到牆壁另一頭的「一道門」。

只要穿過校舍，就能看到除了岩石外一望無際的草原——而這整片草原，全都是學院的土地，也是學位戰的戰場。

雖說現在這個季節，草原上的草幾乎都乾枯了，但這片土地的範圍，實際上比擁有三十萬人口的拉達馬庫全城大上十倍，還有三座巨大湖泊。

西里爾碎念道。

「一看到集合地點，就逐漸緊張起來了……」

米菲拉接著他簡短說道。

「沒問題，總會有辦法。」

現場能看到召喚獸們，正陸續往學院校舍的另一側、遼闊草原的入口處集合。露露亞的白龍，也降落在枯草上。

「天啊，這麼多強者都聚集在這——」頓時間，我不由自主地逞強說道。

雖說是召喚祭，但並不會特別準備一個更大的會場。

從各學年選拔出十五支隊伍為淘汰賽，整個拉達馬庫都會有實況轉播，扣除某種程度上允許使用強力的寶物（artifact）之外，跟平時的學位戰相差無幾。

——即使如此，我還是心跳不已、指尖麻痺、嘴唇跳動。

我單手輕拍臉頰，並配合大怪鳥溫柔的著地站上草地，我一踏上大地，就馬上開始尋找薩沙的身影。

比我早一步到達的白金髮美少女，與我眼神對上。

「喲。」

我大膽地露出笑容對她打招呼。

我若無其事地對優勝候補宣戰，表達我前來復仇的決心。

「欸欸，費爾。」

可是此時，米菲拉用力拉著我魔術師服的袖子，「幹麼？」我回頭問道。

「伯恩哈特先生，您到底怎麼了？」

伯恩哈特．哈德切赫的隊伍從校舍往我們這走來。

「所以說作戰計畫──到底要怎麼辦啊？您突然跑回來，一回來就叫我們跟您走……我們到底該做什麼？」

今天的伯恩哈特，並沒有梳起他的招牌髮型，他的雙頰消瘦，眼睛下方整片都是黑眼圈。那詭異的臉蛋和氛圍，簡直跟垂死的小惡魔沒兩樣。

「伯恩哈特先生，您有在聽嗎！」

「別再碎碎念了，快點制定作戰計畫吧！」

他們邊走邊吵──不，應該說是隊友迫切的訴求，全被伯恩哈特給無視了。不論兩名隊友抓他肩膀、拉扯他的衣服，伯恩哈特都將他們甩開，筆直地朝著我們這裡前來。

召喚祭的出賽者們，雖然有回頭看向伯恩哈特……不過所有人都十分冷靜，沒有一支隊伍被他的異狀所影響。

應該說——

「現在要開始說明召喚祭的規則。」

學院教師上前說出這句話時，現場氛圍才開始緊張起來。

19. 召喚術師，因銀之開端戰慄

十五支隊伍要在一天內進行單淘汰賽，因此總比賽數為十四場。召喚祭會將學院廣大的後院劃分成三個區塊，同時舉行三場比賽。

選手休息室是位於校舍三樓的圖書室。

圖書室裡頭雖然沒有《托爾耶諾克席恩》，不過仍收藏了古今之外的各種魔術書，而學位戰的直播螢幕，則陳列在書櫃前方，能夠同時觀賞三場比賽。

「薩沙那傢伙可真是游刃有餘啊，在這狀況下還能看書。」

「那就是王者的風範吧，實在值得學習。」

幾乎所有隊伍都集中在各個螢幕前，我不經意回頭一看——薩沙正坐在椅子上優雅地看書。

那似乎是她自己帶來的書，薩沙單手翻開的書籍，就尺寸來說不像是魔術書，比較像是一般家庭用書的單行本。外頭包了黑色皮革的書套，所以看不到書封。

「不過看那本書的大小……說不定會是漫畫書呢。」

「怎麼可能，肯定是艱澀的專門書。」

畢竟薩沙喜歡看漫畫，她肯定是讀著少女漫畫打發時間。

我隨口打發掉幾乎察覺真相的西里爾，準備繼續觀戰時，不小心和薩沙對上眼睛——「噓——」，那位超絕美少女露出微笑，用食指抵著嘴脣。

叫我隱瞞她喜歡看漫畫的興趣。

那看起來有些性感的動作，估計是這個意思吧。

現場直播的螢幕上，正在播放剛開始的第一場比賽。

「費爾認為哪場比賽比較有看頭？」

魔術師服底下穿著立領軍服的西里爾，在我身旁問道。他腰間掛著收入劍鞘的大劍，那副模樣與其說是聰慧的召喚術師，更像是個俊俏的將官。

只要這位高大的美男子，出現在全拉達馬庫的螢幕上，即使西里爾不希望，也一定會為他帶來大量的女性支持者。

「除了伯恩哈特以外的比賽——雖然我很想這樣講……」

西里爾聽了我的回覆，嘆了一口氣說。

「是嗎，果然啊……」

「那傢伙看起來根本不正常，絕對會搞出事來。」

被西里爾逮住，不斷被他梳頭的米菲拉，以感到不可思議的表情抬頭看我。

「那有錢人那麼爛，能做些什麼？」

「那傢伙說不定跟我們一樣，藏有什麼殺手鐧喔？但那也不是伯恩哈特本身的力量——多半是用錢堆出來的吧。」

「寶物（artifact）？古老、又強大的？」

「八九不離十吧。」

「之前公主殿下提到的『六鐵執行者』，也的確算是寶物（artifact）。」

「少蠢了，這種比賽哪有可能冒出神的兵器。」

我苦笑說道，並目不轉睛地看著映出伯恩哈特隊伍的螢幕。

比賽才剛開始——賽況就呈現一面倒的狀態。

二年級隊伍召喚出三隻熊熊燃燒的火精靈，伯恩哈特三人被徹底壓制，只能單方面挨打。不……正確來說，這已經稱不上是比賽了。

賽場上只有狩獵方和被獵方，說是老虎與兔子被關進同一個籠子還比較貼切。

我完全沒想到，伯恩哈特的騎士型水精靈，面對屬性上較有利的火精靈，還會被打得毫無招架之力。

比賽一開始，二年級隊伍腳下的土壤和石頭，就被三隻火精靈的最大火力烤得火燙，並砸向對手的水精靈。

冷水一碰到熱石，也只有被煮成熱水的份。

並不是所有水精靈都能夠應對熱水和冰。擁有無限水量、變化自如的水精靈，其實不擅長因應劇烈的水溫變化，尤其是年輕弱小的水精靈。

大量熱石進入伯恩哈特的水精靈體內，便無法維持自身的存在，一瞬間便完全崩潰變成普通的熱水，被乾燥的地面吸收。

「……伯恩哈特和二年級的力量差異太大，開場就拿出那樣的火力，根本無可奈何。」

我雙手抱胸念念有詞，西里爾聽了便問我。

「費爾如果是伯恩哈特，會怎麼行動？」

我哼了一聲回答。

「當然只能開溜。總之全力逃跑，找機會讓水精靈變大，這樣一來，就不會因為那點熱石沸騰了。」

「伯恩哈特打從一開始就錯估對手，他八成是覺得自己有利，想先觀望一陣吧。」

「哇哈哈——對手可是高年級耶，他哪來本錢留一手啊。」

雖說勝負幾乎已經確定，但比賽結束的鐘聲仍未響起。

二年級隊伍創造的火焰漩渦，將伯恩哈特他們團團包圍。即便如此，二年級仍持續猛攻，他們在漩渦外連發火焰魔法，打得伯恩哈特還手的餘地都沒有。

只要伯恩哈特的兩名隊友展開的防禦魔法被破解，那比賽就結束了。

「結果你什麼招都沒有喔，伯恩哈特……？早知道就去看露露亞的比賽了。」

那個惡劣貴族在螢幕上不斷被對手折磨。

「結果你……到底是為了什麼才買天使召喚石……」

其他召喚祭出場者，都肯定伯恩哈特即將敗北，紛紛離開螢幕前……只剩下我、西里爾和米菲拉持續觀戰。

「嗯？」

我之所以發出聲音，是因為走投無路、九死一生的伯恩哈特，從魔術師服懷裡拿出了從沒見過的寶物（artifact）。

當下的直播畫面，正巧拍到伯恩哈特的特寫。

在準備比賽的選手休息室裡沒有放擴音器，但是伯恩哈特的大笑，肯定透過直播螢幕響徹了整個拉達馬庫。

「那是什麼……是強到能讓他笑得跟傻子沒兩樣的東西……？」

伯恩哈特兩手高舉，他左手握的是一顆拳頭大小的青色寶石——似乎是天使的召喚石，但右手拿的『銀色酒杯』我就完全不清楚了。

青色召喚石在伯恩哈特手中碎裂的同時，帶有一對翅膀的天使出現在他頭上。

那是一個身穿白袍，手持細劍的天使，大小大概只有人類尺寸。

——事到如今，叫牠出來能有什麼作為？

就在我蹙眉思考的瞬間。

「——哈啊啊啊啊!?等一下！給我等等！」

我離開螢幕前，全速奔向圖書室窗邊。

我如同要飛奔出去一般，猛力打開北側的窗戶，接著把整個身子伸出窗外望向召喚祭戰場——也就是伯恩哈特隊伍所在的方位。

我沒個前因後果就驚慌失措。

使得沒有看到伯恩哈特螢幕的召喚祭出賽者們，甚至是薩沙都被嚇了一跳，開始望向我的背影和直播螢幕。

但是，他們什麼都看不出來。

因為原本播放伯恩哈特特寫畫面的直播螢幕上，沒有映出任何東西。

「欸？怎麼了？比賽結果出來了？」

「我哪知道，那個一年級學生突然大喊——」

選手休息室裡的人議論紛紛，人們開始聚集在我所在的窗戶邊，「咦？真的假的？」、「發生什麼大事？」，大家追隨著我的視線，望向賽場說道。

「銀色……」

所有人愕然地望著外頭說道。

沒錯，銀色。

遙遠、遼闊的大草原一隅，噴湧出大量銀色的液狀物體。

乍看之下，就像是水停不下來的超巨大噴泉或間歇泉……就連降著細雪的陰天所落下的微弱陽光，反射在銀色液體上頭，都散發出了燦爛耀眼的光芒。

液體噴湧的高度，輕易地超過了百梅傑爾。

水柱的粗度也是非比尋常，噴上天空後落下的模樣，與其說是像雨，更像是瀑布般落在地面。

這個過度詭異的巨大噴泉，和下著細雪的景色完全不協調。

「那是什麼？到底發生了什麼事？」

看向窗外的每個人都異口同聲地說道，回應這個問題的不是我、西里爾或米菲拉。而是除了我們之外，另一個從頭觀望伯恩哈特比賽的好事三年級女生。

「他拿出一個從沒見過的寶物(artifact)。天使的召喚石——那個我還知道，知道歸知道，但突然把天使給吞下去的那個到底是什麼？史萊姆型的魔法生物？那個杯子，到底放了什麼東西？」

目擊一切情況的三年級女生腦中也一片混亂。我察覺到所有人的注意都集中在我身上，於是清清嗓子，從頭開始解說。

「呃——哈德切赫家的少爺用了兩種寶物(artifact)。一個是天使的召喚石，另一個是杯型的，應該是某種魔法生物的保存器具……」

我中斷解說，將視線轉向窗外不斷持續著的異變。

「那個銀色的噴泉，是杯型寶物（artifact）冒出的『某種東西』。那個比史萊姆更接近水的魔法生物，把天使吞噬後一口氣膨脹——最後把哈德切赫家的少爺，連同直播用的飛型攝影機全吞進去了。」

一名二年級男生喊道。

「跟他們對戰的傑羅德怎麼了？」

三年級女生吞吞吐吐地說：「當時沒有拍到，不過他們距離非常近，大概……」

「話說回來——體積變化如此巨大，到底是用什麼材料才變成這樣？就算是把空氣中瀰漫的魔力全吞進去也對不上啊。」

「不會是把一開始吞噬的天使魔力拿來挪用吧？」

「那不過是召喚石叫出的天使吧？我不覺得力量足以引發這麼大規模的現象。」

「對啊，這麼說也有道理。」

「所以那個寶物（artifact）本身就是魔力的儲藏庫？」

「按正常邏輯去思考應該是如此，不過有素材能夠累積這麼龐大的魔力嗎？」

不愧是出賽召喚祭的召喚術師們，他們自然而然地分析起眼前的現象，並試圖推測出事情的真面目。所有人不分學年、立場，開始討論。

「這……費爾……」

西里爾走到我身旁叫我，他的聲調明顯感到困惑，似是向我尋求答案。

話雖如此。

「抱歉，你先等等。」

我現在沒有餘裕回應西里爾，不論怎麼否定，仍會擅自浮現在腦中的解答，令我忙得不可開交、戰慄不已。

眼前這一片銀色的景象——不知為何，在我眼中就像是「世界末日的開端」。

打工場地那個醉漢的胡言亂語。

充滿自信肯定世界將迎接末日的伯恩哈特。

薩沙在學院食堂告訴我的「在神話中出現，詳情不明的存在」。

這些八竿子打不著的東西，被我動物般的直覺硬生生地湊在一塊——成為了最糟糕的預感。

最後，我緊抓著窗戶邊框碎念道。

「……執行者。」

而我的碎念，似乎被身後討論的人們聽到。

「執行者？六鐵？」某人聽了回應，「叫什麼來著？鐵之恩寵碾碎者、金之拂曉引領者、銀之……天使吞噬者——？」此時討論聲驟然停止。

「不——不不不不!!不可能!!這種事、不可能發生!!」

「那真的是銀之天使吞噬者!?」

知識豐富的召喚術師們如此說道，並一股勁擠向窗邊，差點把我擠出窗外。

四面大窗戶全被打開，頓時讓圖書室內的氣溫一口氣下降。

「不、不、不過啊……那個……應該不會、是真的吧？」

「神的——最高神的遺物？哪有可能。」

「不行，我是不會承認的。如果那個是神的創造物，那不就『什麼都有可能發生』嗎？」

「妳是指能將吞噬的東西轉換成無限的魔力，或是重新構成任何物質之類的？」

「就是啊，這根本不是做學問之人該探討的事物。」

「那妳告訴我啊。用一個寶物（artifact）、一隻天使，要怎麼引發眼前的現象。」

銀色的噴泉不斷湧出，銀色液體沒被地面吸收，而是不斷擴張，視野所見的草原，轉眼間就染成了一片銀色。

簡直就像銀色的大海，適逢漲潮不斷擴大水域。

「這下該怎麼辦……」

「……這到底會擴張到什麼程度？」

即使比賽結束的鐘聲，如故障般響個不停，銀色液體仍沒有停止擴張的跡象，現在甚至要蔓延到學院校舍了。

最終，在優秀的召喚術師們心中，恐懼完全掩蓋了好奇。不知何時，交談聲完全停止……………召喚祭的選手休息室，變得比原本用途的圖書室來得更加寧靜，只剩下不絕於耳的比賽鐘聲震得耳朵疼痛。

「費爾．弗納夫。」

我轉向呼喊我名字的方向。

站在那邊是薩沙王女和她隊友的兩名少女。雖說她們是學院最強的隊伍，但沒想到二、三年級會給一年級讓路。

「為什麼你認為那個是六鐵執行者裡的銀之天使吞噬者？」

「純粹是直覺，我沒有任何確切證據。」

薩沙走到我身旁，四扇窗戶從右數來，被米菲拉、西里爾、我、薩沙占據。

「真叫人頭疼，沒想到會連續兩天目睹『神話』。」

「我也很傷腦筋啊，沒想到破滅、末日之類的醉漢瘋語竟然成真了……」

「伯恩哈特能夠控制這個現象嗎？」

「百分之百不可能。」

「你看見他被吞噬的畫面？」

「是啊，在畫面切斷前，他露出慘烈的表情，連同隊友一併被吞進去了。如果他有辦法控制，最後就不會試圖逃離銀色液體吧。」

「……剛才露露亞她們，另外兩場比賽的直播也中斷了。這麼看來，這東西應該是會把眼前所有行動的事物，全都吞進去吧。」

「神話裡出現的東西，做的事竟然跟隻史萊姆沒兩樣……」

「現在已經無法繼續召喚祭了，我們得集結全學院的力量解決這場災難。」

「妳可絕對不要叫出大天使啊。雖然神話裡這東西只出現過名字，但牠把天使給吃了，實際上，牠也是吃了天使才變成這樣。」

「我明白。」

「妳現在要去找老師吧？」

「是的……我想應該沒人知道該如何處理這個東西吧。」

「國王直屬的召喚師隊來得及派過來嗎？」

「不管是王族特權還是心愛女兒的任性，我會用盡一切方法將他們派遣過來。所以費爾．弗納夫——你能夠幫助我嗎？」

薩沙這麼一說，我不禁「蛤？」了一聲。

我反射性地將視線轉向薩沙，她紫色的眼瞳正好與我對上，那是一雙傾訴著高貴責任感，以及內心溫情的王族之眼。

妳是打算叫我的潘多拉去那個水池裡面玩是吧——雖然我內心想到這種玩笑話，

但在這緊急事態下，根本沒人能笑得出來。最後從我口中說出的，是毫無矯飾的承諾。

「知道了，要我做什麼都行。」

要是被伯恩哈特害得這個世界毀滅，那可就麻煩大了。

這個學院徹底消失，我可會頭痛到死，況且我也想保護關照過我的老大跟伊莉莎小姐。

薩沙聽完我的回覆，露出微微笑容。

西里爾和米菲拉也跟著我說。

「既然費爾如此決定，那我也沒有異議。我會賭上奧茲隆家的名聲全力以赴。」

「練習了那麼久，正好需要舞臺。」

憑我一人無法讓終界魔獸潘多拉行動。我需要西里爾來當「潘多拉的眼睛」，也需要米菲拉的協助。

也不清楚薩沙知不知道這件事，她看著我三人——再次展露笑容。這次她露出了清晰的笑臉，表達出對我們三人的信任。

「很好，真是支好隊伍。」

雖然有點害臊，但他們確實是我引以為傲的隊友，我也自然而然地嘴角上揚。

接下來。

所以呢？我們該做些什麼？要拖延時間還是要當誘餌，我都沒問題。

就在薩沙正要開口的那個瞬間。

「快離開窗邊!!」

有人如此大喊——事態產生了變化。

剛才不斷擴大，卻沒有其他大動靜的銀色之海，現在像是產生了顯而易見的意志，開始襲向學院校舍。

位於校舍三樓的圖書室雖沒面向草原，但裡面的人也無法坐壁上觀。

銀色之海如海浪般隆起，將校舍一棟接著一棟壓垮。

近鄰的玻璃窗徹底碎裂，磚頭也整個崩塌，造成了巨大的破壞聲響。

在那聲響中，混雜著女生們的悲鳴。

「薩沙!!」

剎那間，我將手伸向眼前的薩沙。米菲拉倒不用擔心，我看到西里爾第一時間衝過去將她抱起。

我用力抱緊薩沙的同時——施展了無詠唱速效召喚。須臾之間，出現了上萬隻的羽蟲蟲群甚至綿延到西里爾那邊，成為抵擋銀色巨浪的盾牌。

那就如同巨人的一拳。

「嘎哈——」

銀色巨浪擠進了敞開的窗戶裡，將我和薩沙一併打飛。我們如同被強風吹起的枯葉，滾落到地板上。

如果沒召喚出蟲群，我、薩沙，還有西里爾跟米菲拉，肯定都被銀色之海吞噬了。銀色浪潮將我召喚出的大多數羽蟲吞噬後，才逐漸往後退。

「可惡，竟然主動攻過來了。」

我如此罵道，並站起身子……圖書室北側被銀色巨浪擊中，景象實在慘不忍睹，不只牆壁崩塌，就連窗戶也幾乎不成原形。

「大家沒事吧？都還活著嗎——？」

周遭傳來了呼喊聲，「這邊沒事」、「我們也沒事」，看來沒有人被巨浪捲走。

我碎念道：「該死的天使吞噬者……這傢伙不光是學院，甚至還想跨越通往市區的高牆……」我抓住薩沙的手，拉她站起。

她用擔心的神情抬眼看我。

「你沒事吧？有沒有受傷？」

「我沒事，只是全身疼痛罷了。看來剛才那麼一下，讓我們有事情做了。」

薩沙站起身來，環顧周遭。

………………

現場所有等待自己比賽開始的優秀召喚術師們，扣除薩沙自己，總計九支隊伍二十六人的視線，全部都集中在她一人身上。

「呼——」

當下事態間不容緩，薩沙能夠猶豫的時間，只有她吸入空氣的這兩秒鐘。

下個瞬間——確定「將成為英雄」的學院最強召喚術師，同時也是慈愛百姓的「席德王國」第三王女，正氣凜然地說：

「現在，拉達馬庫面臨了前所未見的危機。雖然狀況尚未明朗，但我們的敵人，恐怕是六鐵執行者的其中之一，銀之天使吞噬者。」

打從剛才銀色之海——天使吞噬者那傢伙開始認真行動，我們就失去了猶豫的時間了。

在分隔召喚祭戰場的牆壁另一頭，有著超過三十萬人的觀眾，等待召喚祭再次開始。要是這時候天使吞噬者湧進市區，肯定會造成歷史留名的慘劇。

哪怕是快上一分一秒，都必須讓人們快點去避難。

「不論各位有多麼恐懼，我們召喚術師是在諸神隱遁之後的世界裡，守護人類的存在。在場所有人，都繼承了戰勝無數危機的遠古召喚術師們所流傳下來的知識和經驗。」

面對天使吞噬者這個神話中的存在，所有人都忐忑不安。但第三王女薩沙・席德・祖爾塔尼亞強而有力的聲音，給予了我們勇氣。

而且，她也將守護人民的責任感分給了我們。

「我們身為繼承『英雄血脈』之人，無須畏懼區區一個執行者，請大家跟隨著我，一同守護無力之人。能在天空飛行的人，請拖延執行者的腳步；能在大地急馳的人，請將人們送往安全的地方——我們召喚術師，具備著這般力量。」

當薩沙說完，從在場召喚術師的表情上，就能看出大家都明白自己該做些什麼了。

——我們要和引以為傲的召喚獸一同離開這個房間，奔向拉達馬庫市區。

我、西里爾和米菲拉也是一樣。

如果銀之天使吞噬者的目標是拉達馬庫，那麼讓人民去避難才是最優先該做的事。

現在還不是讓潘多拉行動的時候。

史萊姆狀的天使吞噬者，跟只懂得互毆的潘多拉，可說是最不對盤的對手。就算要和牠戰鬥，牠也馬上就要湧進拉達馬庫市區了。

我們必須先製造，讓超過三百梅傑爾的魔獸行動，也不會造成死傷的戰場。

「好了！」

薩沙將右手伸向前方示意，就聽見周遭發出召喚的詠唱咒文。

「召喚術師們，出發吧！」

20. 召喚術師，朝不講理的神話咆哮

「妳還活著呀，露露亞！」

一頭似曾相識的長毛白龍從我頭上飛過，我不禁大喊。

下個瞬間——白龍在空中扭轉身軀急停。

我還以為在這幾百人奔走避難的慘叫聲中，自己的聲音根本無法傳達到她那兒。相信是露露亞看到有人在拉達馬庫東邊的大市場中央，跨坐在蝗蟲身上引導人們避難，才會知道是我吧。

「大家都坐上來了嗎!?請安心！這隻蜈蚣不會傷害你們的！」

眼前這隻全長十梅傑爾的巨大蜈蚣，是我召喚出來的。

上面載了二十幾個無法自行避難的老者和病人，他們發自內心感到不安，用著隨時都會哭出來的表情，看著坐在巨大蝗蟲上的我。

而我咧嘴一笑，鼓勵大家說：

「我會走最短距離前往西多拉大聖堂！大聖堂裡有好幾個學院的召喚術師看守，

非常安全！祝大家有個愉快的旅程！」

話一說完，大蜈蚣便如滑行般奔馳。

我用力揮手目送大家，然後——

「跑快點——!!不想死就快給我跑到大聖堂————!!」

催促市場裡的人們快點逃難。

面對我如威脅般的話語，沒有人敢有怨言。

想也知道，只要稍微往北方一看，就能看到一隻「銀色的超級巨大史萊姆」，正打算跨越高牆前往市區。

當牠看似黏稠的巨大觸手伸向高牆的瞬間——飛在高牆這頭的龍就噴出火焰攻擊牠。

雖然無法將牠燒盡，但超過三千度的火焰，仍讓觸手退卻了。

——打從伯恩哈特啟動寶物（artifact），已經過了三十分鐘。

六鐵執行者・銀之天使吞噬者，原本只是一片看到行動之物就順手吃掉的銀色大海，現在牠卻轉變成一隻銀色的巨大史萊姆，積極展開行動。

牠打算跨越高牆，用最短距離進入拉達馬庫的市區……但上級魔法和召喚獸不間斷的攻擊，使牠無法穿過阻隔整個市區的高牆。

龍、渾身纏繞雷電的風精靈、巨大火鳥，還有手持大劍的大惡魔。

有數以百計的飛行召喚獸，在牆邊阻擋天使吞噬者的侵略。

「費爾・弗納夫！那個真的是銀之天使吞噬者嗎!?」

頭上的白龍降落地面，露露亞・弗麗嘉坐在牠的長脖子上，她的兩個隊友也在。

「我哪知！管牠是天使吞噬者還是新品種的史萊姆都沒差好嗎！既然妳能飛，就快點去高牆那邊防守！」

「比賽中銀色的大海突然流過來，我可是差點死掉耶!?」

「那可真是倒楣啊！妳有意見就去跟伯恩哈特那個白痴說！」

除了召喚祭的出場者外，學院所有教師，以及學生三百餘人都到街上，為保護三十萬人民而行動。

現在整個拉達馬庫，到處都能看到召喚獸。

巨大的野獸、外型恐怖的龍，全都被當作馬車，將人民送到各地區指定的避難所。

因為學院長和王女薩沙，認為「讓三十萬人全部逃到拉達馬庫外根本是不可能的」，拉達馬庫的首長似乎也是如此判定。

「召喚術師閣下！這邊由我們來接手！」

就在我和露露亞互相喊話時，有三名腰間佩劍的街道衛兵跑來。

「拜託你們了！覺得情況不妙請直接逃走！」我如此說道，並指使巨大蝗蟲跳躍。我在某間肉店的屋簷著地，接著再次做大跳躍，從屋簷上直指大市場入口。

露露亞她們也跟了過來。

「只要守到席德王的召喚術師部隊來，應該就贏了對吧！」

「他們可是最強的召喚術師團隊！要是連他們都敵不過，那世界肯定要毀滅了！」

「西里爾跟米菲拉呢!?」

「我們講好在市場入口會合！是說妳別管我這邊了，快去幹活！有空在這打屁，不如用魔法去轟那傢伙！」

我怒吼道，而露露亞聽了嘟嘴回覆：「真抱歉啊！誰叫我臨陣退縮了！」

「我去就是了！我去總行了吧！誰叫我是召喚術師！」

我卯足全力對她扮了張鬼臉，此時巨大白龍急速上升，牠飛到上空發出咆哮後，以驚人的速度飛往北方高牆。

我目送露露亞離開幾秒後，立即施展了「通訊魔法・遠聲鎖(Voice link)」。

這個魔法能與事先設定好的對象遠距離通話。這個基本魔法在應對這類災害時特別重要，甚至有人說，連這都不會用就沒資格自稱魔術師或召喚術師。

魔法發動同時——我的舌頭和耳後出現了小小的魔法陣。

「西里爾有好消息。露露亞那傢伙還活著。」

我將視線轉向下方，沒等待通訊對象西里爾回覆。

下方的大路有許多人在逃難，我確認有沒有人需要幫忙。就在我碎念著「剩下交給衛兵應該就行了」的瞬間。

我和一名仰望天空的男人對上眼。

——————!?

這一瞬間，我的腦神經全速運轉。

最後得出一個結論，不能放走這個看似旅客，穿著充滿口袋的草葉色外套的男人。巨大蝗蟲跳過那男人頭上後急停，又跳回他的面前。

男人見到召喚獸突然降落在眼前，便全速逃跑。

我從巨大蝗蟲背上跳下追趕他，最後抓住他草葉色外套的肩部。

雖然他使勁反抗，但我一想到要是讓這傢伙逃走，不只「線索沒了」，甚至「找不到方法拯救拉達馬庫」，於是也拚盡了全力。

「看你這傢伙還想往哪跑！」

「不要——住手啊！」

我使勁抓著那男人的外套，將他拉到附近商店的牆邊，接著用力砸向堅硬的磚牆上。為了不讓他掙扎，我將男人的脖子和右手壓制住。

「你是當時那個醉鬼！我有事要問你，聽見沒!?」

真不知道，當下整個熱血沖昏腦的我，究竟露出了怎樣的表情。

一個十八歲的小弟，竟然能將貌似三十來歲的男人逼哭。

他露出驚懼的神情說出「這、這不是我的錯！一切都是聲音！是聲音害的——！」這樣令人莫名其妙的胡話，我右手用力壓住他的喉嚨，他才終於住口。

「我沒空聽你廢話！你乖乖回答我的問題就好！」

這簡直就像是在逼問犯人。但我現在沒時間溫柔地詢問……男人被我壓得呼吸困難，直到他頻頻點頭，我才將手鬆開。

我左手指著北方高牆問道。

「那是什麼!?你之前扯的銀色，就是指那個嗎!?」

高牆上頭仍然能見到若隱若現的超巨大銀色觸手。那個男人看向北邊，接著面露懼色說道。

「末日將拉開序幕，那是打開末日之門的使者。牠始終沒有忘懷自身使命，以及神的憤怒——嗯咕、」

他話說到一半，我又再次壓住他的喉嚨。

「我沒叫你用詩詞譬喻！給我說出具體名稱！」

「——執、執行者。六鐵執行者，銀之、天使吞噬者。」

沒想到我的預感命中了，這答案直叫人絕望。這一瞬間，我的憤怒和焦躁達到頂點，我用空著的左手揍向男人臉旁的牆面。

「為什麼！為什麼要把這東西帶到拉達馬庫!?」

男人眼角泛淚看著我，再也不敢反抗。這次他沒有找藉口或說謊，將一切從實招來。「因為席德王女——薩沙·席德·祖爾塔尼亞在這裡。銀之天使吞噬者命令我把她找出來。」

沒想到會在這時候聽到薩沙的名字。

這根本莫名其妙，於是我露出更加凶惡的表情問他。

「命令你……!?」

「我、我是——我是、隸屬於教會的研究員。負責尋訪神話中的遺址，尋找諸神遺留下來的奇蹟。」

「真是世風日下啊，教會的學者大人成了運送破滅之人。教皇那傢伙是打算毀滅世界嗎!?」

「不是！拜託、拜託你聽我解釋！我會老實告訴你！」

我為了壓抑怒火緊咬下唇，咬到嘴唇甚至滲血了。我用惡魔般的神情觀察這個男人的臉，看他有沒有喝醉，以及精神狀態是否正常。

「事、事情大概在半年前。我所屬的研究團隊，在『庫德王國』的米爾格拉娜岬角，挖出了『那個東西』……我們從土裡將牠挖出時，牠還只是個銀塊，沒想到過了一晚，牠就變成了酒杯的形狀。我們察覺這是一件寶物(artifact)，於是著手研究牠。」

他雖然為我大發雷霆感到懼怕，但神情上仍保留著理性。現階段也沒扯些莫名其妙的詞彙。

「一開始，我們推測這是銀之天使吞噬者的殘骸，因為米爾格拉娜岬角這個地名，在當地的古語中有著『滿身是銀』的意思。神話研究員之間也認為，那裡是潘多拉和銀之天使吞噬者交戰的地點。」

「哦……!?意思是你被牠選上了是吧!?」

「是、是啊。不過只是湊巧──湊巧是我聽見牠的聲音！」

「你只是被天使吞噬者的聲音給操控了!?你叫我相信這種鬼話!?」

「你要相信我，拜託、拜託你了──我並沒有什麼獨特的才能。對銀之天使吞噬者而言，我們人類，不過只是幫牠移動的道具！」

「天使吞噬者對你說了什麼!?牠行動的目的是什麼!?」

「牠的目的是讓自己完全復活，並再次展開破壞。敗給潘多拉的銀之天使吞噬者，為了再次取回力量，必須要一個大天使來代替牠失去的核心。牠的聲音在我腦中不斷迴響，叫我『交出強大的天使』、『殺了魔獸和世界』。」

「所以你就選上薩沙!?」

「這純粹是因為只知道她而已，哪有這麼多人能召喚大天使。」

「還有，事到如今為何需要毀滅世界!?潘多拉已經不在了！牠老早就被最高神殺了！執行者早就失去用途了不是嗎!?」

「——因為女神娜雅。」

「你說娜雅？」

「沒錯，就是那個亡骸被拿來製造執行者的女神。祂的遺願、憎恨、詛咒，驅使執行者成為世界的破壞者。所以原本專門被拿來對付潘多拉的執行者，現在多了『世界』這個目標。」

「嘖——」

我不由得發出咂嘴聲。

獻身女神娜雅，祂身為最高神善的情人，死後還被利用，我能明白祂有多麼悔恨。但祂死了竟然遷怒到整個世界上，那可就太過分了。

要恨幹麼不去恨那個渣到極點的最高神，別把在這世界上努力求生的我們給牽扯進去。

雖然我想這麼大罵，但也不會有神聽到我的怨言。

「你把那個交給伯恩哈特．哈德切赫的理由是？」

「伯、伯恩哈特？我不知道——這我真的不知道。伯恩哈特到底是誰，我根本連聽都沒聽過，我說真的。」

下個瞬間——男人將拇指以外，其他指頭全部消失的悽慘右手亮給我看。

「我把教會最重要的研究對象偷拿出去，不只一個追兵來找我把東西搶回去，也有可能是教會找來幫忙的人。」

雖然稍微嚇到，但這種程度無法令我沸騰的血冷卻下來。

應該說，用四根指頭就完事了，這個追兵可真溫柔啊——我都忍不住想這麼嘲笑他。反正肯定是他不願意交出「銀色酒杯」，追兵才會連同指頭一併拿走。

「有個混帳傢伙把那東西交給了伯恩哈特……！我非得把人找出來痛扁一頓，但現在可沒空理會他了……！」

我做出這個結論，現在已經沒時間去管伯恩哈特的事了。

伯恩哈特尋求召喚祭用的強力寶物(artifact)，最後不知從哪弄來銀之天使吞噬者的情報，還成功把東西搶到手，這些都是「已經結束的事」了。

現在我只想知道阻止天使吞噬者的方法，我再次強硬地質問眼前的男人。

「如果牠吞噬了弱小的天使，而不是大天使會怎樣？時間到了會停下來嗎？」

男人眼神不斷游移，最後微微甩頭說。

「不可能。牠一定會維持這個不完全的型態，繼續尋找大天使。」

「有什麼根據？」

「對銀之天使吞噬者而言，天使不是動力源，而是『將液狀身體定型的楔子』。

牠之所以優先尋找大天使，是為了構築能夠殺掉潘多拉的身體。我和銀之天使吞噬者旅行的過程中，看到了無數的幻象(vision)……那大概是銀之天使吞噬者的記憶……七隻天使吞噬者立於潘多拉面前，最後能對魔獸造成傷害的也只有兩隻。」

又得到了新情報，銀之天使吞噬者竟然有好幾個。

刻意當沒聽到這句話的我，咬牙切齒地對同學產生怒意。

「被人操控還急於求成……到底是那個伯恩哈特，竟然給我隨便找隻天使省事……！」

被我推向牆壁的男人，看著撼動北邊高牆的巨大銀色觸手碎念道。

「……形狀如此不穩定的天使吞噬者，在我看見的幻象(vision)中從沒出現過，那並不是牠所期望成為的型態。」

他的聲調轉為冷靜，相較之下，慌張不已的我看起來跟傻子沒兩樣。

我終於將架住他脖子的右手鬆開，面對面地向他求解。

「拜託你，告訴我吧。憑我們召喚術師的力量，要怎麼做才能打倒牠？」

男人搖搖頭，看著我的臉說。

「我不知道。」

「你不是看到什麼幻象(vision)嗎？以前有七隻天使吞噬者對吧？潘多拉當時是怎麼打倒牠們的？」

「完全是靠蠻力——牠用拳頭擊碎了天使的核心……不過現在這個銀之天使吞

噬者，和潘多拉打倒的那些型態和特性都差異太大，我不認為用同樣的方法能行得通。」

那個男人不經意將視線望向我的背後，「……薩沙公主。」接著又馬上低頭。

「薩沙——？」

我太過專注在眼前這個男人身上，完全沒注意到周遭變化。我一回過頭，就看到跨坐在劍虎王澤魯格身上的西里爾和米菲拉，還有薩沙三人。

他們大概是看到我的巨大蝗蟲，才會在這降落。

「你們從哪開始聽？」

我並沒有向他們說明狀況，而是如此問道，西里爾回答我：

「我們才剛到，不過詳情全都知道了。」

「啥？」

「費爾，你叫太大聲了，我還以為耳朵會被你給震壞。」

西里爾從澤魯格身上下來，並伸出舌頭，他的舌頭浮現出通訊魔法・遠聲鎖（Voice link）的魔法陣……我看了才驚覺，我的通訊魔法一直發動著。

「抱歉，我忘記消除了。」

但西里爾沒有抱怨，「沒差，我們三人倒是省下向費爾問清狀況的時間。」接著他幫忙米菲拉和薩沙從巨大老虎身上下來。

為什麼薩沙會和他們一起騎著澤魯格，我倒是不清楚。

正當我走向薩沙，想問她是否找到方法對抗銀之天使吞噬者的那個瞬間。

我的…………不，不光是只有我。

「黑夜」忽然降臨在現場所有人的頭上。

「開、開什麼玩笑啊啊啊啊啊啊啊啊啊啊啊啊啊啊啊啊啊啊啊啊啊啊啊——!!」

我抬頭看看發生什麼事，卻發現天空不見了。

我眼裡看到的不是下著細雪的陰天，而是完全遮斷冬天正午太陽光的「光滑平面」——就連堅守北邊高牆的眾多飛行召喚獸們，也都被籠罩在平面下方。

是銀之天使吞噬者。

牠每次伸出觸手就受到飛行召喚獸和召喚術師的迎擊，現在終於顧不得其他了。

天使吞噬者將牠位於高牆另一側的龐大身軀，一口氣越過整個牆壁。

龍群全力噴射火焰燃燒空氣。

召喚術師們自暴自棄地施放轟轟烈烈的大魔法。

但是，占據了整個天空的天使吞噬者——卻一動也不動。牠稀鬆平常地將我們人類的攻擊承受下來，絲毫沒有停下。

現在，牠覆蓋了整座貿易都市拉達馬庫。

「等等……拜託、先停下來……」

我只能如此嘟囔著……天空那令人絕望的景色告訴我，接下來牠將會湧進整個都市，超乎想像的無力感害我腰都挺不直，甚至還忘記呼吸。

做什麼都來不及了。

不管是勇者還是英雄都無能為力。

一定會造成眾多死傷。擠進避難所的男女老幼，背著年老父母奔走的好人，這節骨眼上還在偷東西的壞人，直到最後一刻都沒有離開崗位的優秀衛兵，特別關照我的老大和伊莉莎小姐，我們這些擁有超越人智力量的召喚術師們……都會被銀之天使吞噬者吞噬死去。

——————

天空緩緩落下。

我心想，至少要將這最後的景色收進眼底，我就是死也不會闔上雙眼。

所以——我看到了出現在我身旁的溫暖光芒。

「薩沙——」

薩沙的身體在我眼前被光芒包覆的同時，擁有六片翅膀，以及如女神般崇高之美的大天使，在大街站起。

牠的身高，輕易地超越了周遭的建築物。

天使吞噬者移動時捲起的強風，令牠的金髮飄逸著。

我站在大天使腳下，仰望著她的臉。

「等等……薩沙……難道、妳——」

牠用那足足有人類好幾倍大的右手，優雅地將面具摘下。

面具底下的——是薩沙．席德．祖爾塔尼亞的美麗面容。那是學院第一、甚至說是席德王國第一美少女也不為過的臉龐。

——那是讓召喚術師和召喚獸合而為一的奧義「表裡合一」。

我眼前的是學院裡最強最美的召喚獸，也是貿易都市拉達馬庫最後的希望。我想，如果是現在的薩沙和大天使，一定連邪神都有辦法收拾。

「費爾．弗納夫。」

薩沙用她的紫色眼瞳俯視我，而她的唇瓣則傾訴著我的名字。

「我非常慶幸，能召喚出潘多拉的人是你。」

她的眼神溫柔到完全看不出，我們正面臨幾十秒後所有人將會滅亡的慘烈情境，她沉穩的聲音，拂去了我的恐懼心。

「等等、薩沙，還沒、我們還沒，一定還有辦法，我們不會就這麼完了，所以妳不要——」

取而代之的，是她在我心中種下了憤怒的種子。

最後薩沙拍動閃閃發光的六片翅膀，輕輕地浮在空中。

這段期間，美麗的她依然凝視著渺小的我。

「剩下的事就拜託你了。」

在最後的最後，她微微一笑說道。

「請你守護這個城市，守護我們的世界——」

下個瞬間，她如流星一般往天空飛去，在銀之天使吞噬者的巨體上開了個大洞。

「妳這個大笨蛋啊啊啊啊啊啊啊啊啊啊啊啊啊啊啊啊啊啊啊啊啊啊啊!!」

一眨眼，她已到達我的吶喊無法傳達的距離。

從天使吞噬者身上開出的大洞，能看到真正的天空。

在大洞的中心——大大地張開六片翅膀的薩沙，高舉著散發出白色火光的劍，迎擊從大洞外圍伸出的大量銀色觸手。

薩沙一次揮舞，就有兩、三根巨大觸手同時被消滅。

然而天使吞噬者，依舊幾乎將整個拉達馬庫的上空覆蓋住。每當薩沙的劍燒毀觸手，就有新的觸手從它的身體竄出攻擊薩沙。

消滅五根觸手，就生出了十根。

消滅十根觸手，就飛出了五十根。

消滅百根觸手，就有三百根連綿不絕地攻擊。

期盼已久的大天使就在眼前，銀之天使吞噬者絕對不可能會放過牠。

顯而易見的數量差異呈現出了結果。

「住手啊啊啊啊啊啊啊啊啊啊啊啊啊啊啊啊啊啊啊啊啊啊啊啊啊啊!!」

我再如何喊叫都毫無用處，薩沙終究被銀色觸手逮到空隙捕捉住。

她的四肢被封住——更多觸手蜂擁而上，她就像是被大蜘蛛捕食的柔弱蝴蝶，完全無法抵抗，眨眼間就被吞了進去。

就在這個瞬間。

『請你守護這個城市，守護我們的世界——』

薩沙的聲音再次於我耳邊復甦，我大喊「好啊，我就做給妳看——!!」並從魔術師服懷裡掏出「召喚詩集」，用力翻開書頁。

此時，我將手放在西里爾肩上，並從腰部抱住米菲拉，開始大聲詠唱起終界魔獸潘多拉的召喚咒文。

「反抗絕望之魔獸！自昏暝之海浮現，振翅高飛迎向天際！」

我們三人全神貫注凝視著天空。

「迎接末日的世界所託之願將拯救魔獸！拂曉之冰因慟哭反響！」

天空中不再存在銀之天使吞噬者創造的「黑夜」，鋪滿整片天空的銀色，以超越風的速度，集中在一個地方。

霎時間，天使吞噬者以被牠吞噬進去的薩沙——六翼大天使為中心，形成一個巨大的人形。

「勿為喪失而贏得的明日悲哭！為燒毀遺址綻放的花朵歡笑！」

一個全長將近三百梅傑爾的銀色全裸天使。

這樣形容改變型態、從陰天降於地面的天使吞噬者，或許是最貼切的。

「魔獸於夜晚隻身！為崩壞殞落之星獻上旋律！」

這傢伙……和我現在要召喚弒神魔獸全然不同，那副模樣「神聖到讓人忍不住想宰了牠」。

「現在！慈悲為懷之汝！接受祈禱的魔獸！踏上遙遠旅途之時到來——!!」

21. 召喚術師，與希望同在

過去集結在此地，打造貿易都市拉達馬庫的人們，肯定希望這個城市能夠繁榮發展，子子孫孫能夠和平生活。

他們大概不會想到……這裡會成為神話時代復仇賽的舞臺。

「——潘多拉之眼，全部展開完畢。」

我耳邊聽到了西里爾的聲音，這是他施展通訊魔法·遠聲鎖（Voice link）的遠距離通訊，而西里爾本人則在潘多拉外頭的天上，操控大量的怪鳥系召喚獸。

「你不必擔心腳下，儘管大鬧吧，費爾。」

潘多拉頭蓋骨內的牆面上，有著無數的畫面投影——潘多拉的主觀視點、側面看過去的遠景、正上方俯視牠的視點，還有從潘多拉背後看過去的第三人稱視點，甚至將背後、左右的視點也一併網羅了。

「謝謝你啊，天使吞噬者。多虧你自以為游刃有餘地呆站著，我們才能輕易站起身來。」

我露出了野獸般的詭邪笑容。

就在此時，突然——

「西里爾!!這、這這、這個東西、是什麼呀！」

遠距離通訊收到了露露亞・弗麗嘉的聲音。

因大魔獸潘多拉突然出現，變得一片混亂的召喚術師們，開始找待在外頭的西里爾問清狀況。

「這是費爾・弗納夫召喚出來的!?騙人——怎麼可能……!?這就是、你們的王牌——這豈止是祕密武器，這根本是遠古最強的弒神者呀!!」

雖然耳邊吵到不行，但現在不是在意這些雜音的時候。

「費爾，魔力不夠就跟我說，我馬上打藥。」

「瞭解，妳可別弄錯劑量殺了我啊。」

即便是魔獸潘多拉單單只是站立的這個瞬間，我依然跪著將單手插進潘多拉的大腦，用細絲電(Linebolt)對潘多拉的腦神經輸入電流，導致魔力不斷消耗。

跪在我身旁的米菲拉一見到天使吞噬者，就碎念道。

「雖然漂亮……但看了就有點火大……」

我「哇哈哈」地笑了出來表示同意。

「天使吞噬者的臉竟然跟薩沙一模一樣，實在是令人作嘔。」

銀之天使吞噬者將六翼大天使吞噬後成為了完全體。

最高神創造出的這個兵器——雖比潘多拉還嬌小，但是外型壯麗莊嚴，的確配得上執行者這個名字。即使是個全裸天使，也不光只有外觀美麗。

一點汙垢瑕疵都找不到的銀色肌膚。

但牠的銀色肌膚上，卻處處有著將植物符號化而成的奇妙浮雕，這更加突顯了天使吞噬者自身的美和異質性。

另外在牠背後，有著無數大小外觀迥異的劍所固定而成的兩片銀翼。

這並不是長在天使吞噬者背後的翅膀，這個怎麼看——都像是能拿來當武器的危險飛翼，是以某種超常的力量，浮在天使吞噬者的背後。

而牠的臉，看起來像是一名安然入眠的女性。

只有搖曳的長髮，保留著剛才不定形生物的特性。

這很明顯是神之領域存在的事物……不論集結多少人類、召喚術師，都無法與之抗衡。我猜，即使是席德王直屬的召喚術師部隊，也無法對付完全復活的天使吞噬者。

「不過——這可是公主殿下寄託給我們的戰鬥。」

我沒想到米菲拉會說出這樣的話，「是啊。」此時我對眼前的敵人再無恐懼。

「那個薩沙・席德・祖爾塔尼亞拚上自己的性命，才造就了現在的情況，光是這樣，我們就有賭命的理由了。」

「命運，把公主殿下和費爾聯繫在一起？」

「……這個嘛，天曉得。」

天才米菲拉口中竟然會說出「命運」兩字，這也太難得了。

然而潘多拉和天使吞噬者單挑——能發生這種求之不得的情境，實在稱得上是奇蹟了，也不難理解她會這麼講。

我並不覺得我們選擇的這條路是最佳解。

不過，即使「六鐵執行者・銀之天使吞噬者」在現代復甦——我們人類、無數生命棲息的這個世界，仍留下一線生機也是事實。

這一切都是多虧薩沙・席德・祖爾塔尼亞犧牲自己和大天使，讓天使吞噬者完全復活，給予牠「楔子」，也就是「做為牠核心的唯一弱點」，我和潘多拉才有機會解決牠。

要是昨天，薩沙沒有在那月亮下見到潘多拉。

要是今天，薩沙沒有信任我們，將一切託付給我們。

又或者，如果我的搭檔，不是終界魔獸潘多拉的屍體。

「我就沒機會把天使吞噬者狠狠揍死了。」

我舔脣露出野獸般的邪笑。

「那麼──我們上吧，西里爾、米菲拉，好戲開演了。」

我如此說道，並看向「從側面看過去的遠景畫面」。

──貿易都市拉達馬庫，在陰天底下的開闊街景。

──兩個神話中的存在，於城市正中央對峙。

──北方是銀之天使吞噬者，南方是終界魔獸潘多拉。

銀之天使吞噬者端正直挺地站立著，相較之下，青黑色的魔獸潘多拉則是彎腰駝背。

畢竟潘多拉擁有比身高還長的分岔尾巴，以及背後的十片翅膀。生前是怎樣我雖無從得知，但「我的潘多拉」姿勢非常前傾。

終於，我的指尖對潘多拉的腦神經放出新的電流。

「等──等等，西里爾！潘多拉、潘多拉動了!!」

「妳最好離遠點啊，露露亞。接下來，要進入神話的領域了。」

現在時機成熟，於是我開始行動。

遠景畫面上看到的潘多拉，行動十分緩慢，牠大大地踏出了第一步，震起地面的種種事物後──接著爆發性地加速。

牠把腳下的房屋和大型商店，如路邊石子踢開，筆直朝天使吞噬者前進。

天使吞噬者也展開行動。

牠將右手液化，最後整隻手臂化作巨大長槍，接著配合潘多拉的衝刺，迅速將右半身後收，用長槍迎頭痛擊。

純論攻擊範圍，天使吞噬者高上許多。

銀色長槍的槍尖，先碰到了潘多拉的左胸——但卻無法刺穿牠材質不明的外骨骼。槍尖如糖漿般崩潰，隨著潘多拉靠近，長槍的崩壞面積就更廣，根本無法阻止潘多拉分毫。

武器被破壞、毫無招架之力的天使吞噬者，被潘多拉右手一把抓住臉部。

「嗚哦哦哦哦哦啦啊啊啊啊啊啊啊啊啊啊啊啊啊啊啊啊啊啊——!!」

我奮力吶喊，同時提高細絲電（Linebolt）出力。

潘多拉抓住天使吞噬者的臉向前衝刺，而牠的巨大身體也被潘多拉拖行。

天使吞噬者雖想站穩腳步挺住，但這麼做，對於擁有無窮力量的潘多拉而言，根本是無用之舉。不論身體大小、重量，都是我方遠遠占上風。

外頭發出了巨大聲響，連潘多拉的頭蓋骨內都聽得一清二楚。

超巨大召喚獸的全力衝刺，使得腳下一切事物全都隨之揚起。

家、馬車、道路、一切。

「費爾不要在意其他的！直直向前衝！」

「王八蛋我也知道啊啊啊啊啊啊啊啊啊啊啊啊啊!!」

值得慶幸的，是我沒有看到街上有人影，潘多拉腳下沒有人，代表大家都來得及跑去避難，這令我心中浮現一絲希望。

「不要死啊!!拜託大家——任何人，都不要死呀!!」

潘多拉用盡全力推著天使吞噬者，在大市場上奔馳，才跨了五、六步，就跨過了大市場，接著踏入更廣大的住宅區。

不論是多麼寬敞的大路，對於高達三百梅傑爾的潘多拉而言，都太過狹窄。

我唯一能做到的，就是將戰場遠離人群聚集的避難所。

人們的可歸之家崩塌，充滿回憶的街道毀壞——即使如此，我仍施展全力把天使吞噬者向前推。

我只能在心中祈禱，這附近一帶的人們已全數去避難，以及沒有任何人死亡。

「一開始就全力上——!!」

我再次提升細絲電（Linebolt）的出力，驅動潘多拉的巨大身軀。

潘多拉一抵達北方高牆。

「少礙事啊啊啊啊啊啊啊啊啊啊啊啊啊啊啊啊啊啊啊啊啊啊啊啊啊!!」

就將只有潘多拉和天使吞噬者膝蓋高的厚牆踹破。

巨大瓦礫散落，但只要衝到學位戰舞臺的草原，我們就能盡情戰鬥。我不顧腳下發生的一切，不斷地提速。

到草原深處！

到草原地帶中央！

把天使吞噬者拖離拉達馬庫越遠越好！

潘多拉衝刺時捲起的東西，使得拉達馬庫的石板路上堆起大量的砂石，就在潘多拉背後的畫面，已經看不見拉達馬庫時——

「嘎、哈——」

因魔力極度枯竭喘不過氣的我，擠出最後一絲力氣，用潘多空出的左手，毆打天使吞噬者的臉。

這一拳本該威力十足，但沒有抓準攻擊距離，實在沒造成多少傷害。而我也開始有點頭暈了。

所以。

「米、米菲拉——」

我向米菲拉求助，在細絲電（Linebolt）中斷的最後一瞬，我令潘多拉迴轉身體，牠那極長的分岔尾巴尖端發出了劃破空氣的風聲。

接著——掃向天使吞噬者側腹，將牠擊飛出去。

我無法確認天使吞噬者的行蹤，霎時間，我的視線一片黑暗，差點失去意識。

「噗哈——」

米菲拉即時注射特製的魔力滋養劑，讓我勉強撿回一條命。我頓時清醒並大口喘氣，像是要從肺部深處將空氣咳出來。

附帶注射針的試管還插在我的脖子上，「還早呢——」我再次發動了細絲電（Linebolt），讓險些跪地的潘多拉站起。

冷汗從我臉上的毛孔噴出滴落，就連鼻水都滴了下來。

這個魔力滋養劑的真面目，是具有致死性猛毒的龍血，就算是米菲拉親手製作的，對身體的負擔也不可能會多輕。魔力恢復是恢復了，但我好像隨時都會吐出來。

「哈啊、哈啊、哈啊——」

我氣喘吁吁地瞪向頭蓋骨內壁的畫面，但天使吞噬者不在主觀視點中。

——牠在哪？

就在我這麼想的瞬間，「費爾上面！」遠聲鎖（Voice link）發動的耳邊傳來西里爾的喊叫。

我反射性抬起潘多拉的頭，主觀視點整個被天使吞噬者的腳底占據。

牠從上方使出了飛踢。

就算兩者有重量差，就算我剛剛才將潘多拉脖子的肌肉固定。

「呀啊!?」

「給我等等！」

潘多拉的頭蓋骨內一片混亂。

跪著單手插進潘多拉大腦的我，以及從我脖子拔出試管的米菲拉，都被這突如其來的衝擊彈飛。

若不是米菲拉立即召喚出「巨大腐屍做為緩衝墊」，我們應該都會撞上潘多拉堅硬的頭蓋骨而死吧。

那個緩衝墊是一隻中型鯨魚的屍體，真不明白米菲拉為何要將這種東西收為召喚獸。

總之——我和米菲拉撞向牠大大敞開的腹部露出的內臟，才勉強撿回一條命。但此時的我，卻連喘口氣的時間都沒有。

「哼——！」

我站起身來，某種不知名的纖維狀肉片從我頭上掉落，接著我連滾帶爬地衝回操縱潘多拉的固定位置，再次將手插進潘多拉的大腦。

「休想逃啊啊啊啊啊啊啊啊啊啊啊啊啊啊啊!!」

潘多拉的右手一瞬間超越了音速，伸向天空。

青黑色巨體小小跳起，抓住踹了潘多拉臉部的大天使腳踝，並用牠壓倒性的握力捏碎腳踝後著地。

接著使勁全力————將天使吞噬者的背部往大草原上一砸。

大地崩壞。

產生隕石墜落般的衝擊與高熱。

突如其來的大爆發，讓草原正中央出現了數十梅傑爾深的大坑洞。地面掀起，就連底下的堅硬地層也被撞碎。

就在潘多拉的腳，被碎裂的地面絆住、身體向下陷落的瞬間，主觀視點和遠景以外的畫面突然中斷。

「西里爾你沒事吧!?」

「別擔心我!!費爾你盡情戰鬥就好!!」

潘多拉外頭似乎暴風吹拂，透過遠聲鎖（Voice link）聽到的西里爾傳聲中，混雜了大量的風聲，實在很難聽清楚。

「費爾！」

米菲拉喊道。

成為潘多拉的墊背，被埋進地層的天使吞噬者，張開右手對著這邊，我還來不及反應，牠的五指尖就放出了純白色的破壞光線。

天使吞噬者的光線直擊潘多拉胸口。

即使如此，潘多拉青黑色的外骨骼仍沒產生任何變化。依我估計，就算是比「空中墓園」砲火魔力強上數千倍的攻擊，牠也能硬生生地接下。

——

巨大左拳刺擊在天使吞噬者臉上，使得身陷岩層裡的天使吞噬者深深埋入地底，就這麼一拳，還引發了小小的地震。

「可惡——！地面也太脆弱了吧！」

還以為這一擊會起作用，可惜傷害卻沒想像中來得高，只因徹底碎裂的地層成了天使吞噬者的緩衝墊。

潘多拉抓起天使吞噬者的脖子，硬是將牠固定住，接著用空出的手痛毆臉部。

光是一拳就讓天使吞噬者的臉部產生巨大凹陷。

這畫面如同用拳頭敲扁精巧的黏土藝術品一般，但天使吞噬者仍繼續行動，好像這些攻擊都不足為道。牠將雙手變形成劍，朝潘多拉的關節砍去。

左腕的劍瞄準潘多拉右手肩頭突刺，但劍身直接崩潰。

右腕的劍瞄準潘多拉右肘內側砍去，卻被直接彈開。牠再次揮劍劈落，不過潘多拉毫髮無傷，反而是劍直接斷掉。

「這種破銅爛鐵哪有用啊啊啊啊啊啊!!」

不論天使吞噬者多麼變化自如，只要無法突破潘多拉的裝甲就全無意義。

所以我才能不顧反擊，露出空隙，讓潘多拉使勁擰腰、手臂往後拉。

——

我用著拉滿大弓的姿勢，重重揮出一擊，拳頭一碰到天使吞噬者的臉，硬質化的銀色就化為原本的液態。

天使吞噬者的頭部整個被打散到後方地面，連個碎片都不剩。

天使吞噬者成了無頭的全裸天使。

雖然我不會覺得這樣就贏了，但起碼算是占了優勢。

就在我收拳想再次追擊的時候。

「這渾蛋!!還來──!?」

倒地的天使吞噬者忽然抱膝，接著雙腳踢向潘多拉的腹部──我緊抓住潘多拉的大腦，身體驟然浮空。天使吞噬者雙腳踢擊，將潘多拉的巨體踢飛了。

「米菲拉！抓牢了！」

我如此喊道，並將全副精神集中在「與召喚獸共享感覺」。我憑藉直覺在空中將姿勢拉回，並按照右腳、左腳、右手、左手、分岔尾巴的順序著地。

被用力踢飛的潘多拉，從坑洞裡飛出，落在大草原上。地面無法承受落地衝擊加上潘多拉的重量，最後整個崩塌……潘多拉雖然好不容易站起身來，但膝蓋以下都被埋進地中。

「哈啊、哈啊、哈啊、哈啊、哈──」

米菲拉見我呼吸急促，就知道我再次魔力枯竭了，她不安地說道：「下一支可能就會達到費爾能承受的最大極限了……」並施打了第二支魔力滋養劑。

隨後。

手腳跪地的我，將胃裡的東西全吐了出來。

「嘔——」

最後就連胃液也吐在潘多拉的大腦上，我用魔術師服將嘴角一抹。

「嘎哈！嘎哈！嘔欸——」

「……我只是操作潘多拉有點暈罷了，不用擔心。」

我往米菲拉那一瞥，發現她臉色慘白看著我。

「——費爾，你有看到嗎？」

此時西里爾向我搭話。

「天使吞噬者也站起來了，牠又開始型態變化了。」

「我想也是，剛才那些濫吞的攻擊，根本無法突破潘多拉的裝甲，接下來牠肯定會強化攻擊力。」

中斷的各種畫面全部復甦。

西里爾驅使飛行召喚獸，向我傳達各種角度的畫面，而畫面上映出了相同的異變——坑洞裡噴出了大量的純白火焰。

巨大炎柱的內部，有一名婀娜多姿的女性身影，搖搖晃晃地站起身來。

攻擊幾乎被潘多拉外骨骼阻擋，連頭部都被擊潰的銀之天使吞噬者，再次改造了身體。我猜想，這次應該是變成所有機能全部分配到攻擊的特殊形態。

「真是夠了……我們這邊可是打到快不行了……」

在潘多拉從碎裂的地面脫身的同時，一根看似優雅的女性指尖，從炎柱裡伸出。

接著——

「她」就像是以優雅的舉止，拉開試衣間的簾子一般現身。

「薩沙……」

嘟囔著這句話的人並不是我，而是在潘多拉外頭看到實際畫面的西里爾。

我聽了便小聲咂嘴。

——銀色的薩沙．席德．祖爾塔尼亞。

我們只能這樣形容失去翅膀的天使吞噬者，所變換出的全新姿態，這簡直跟惡夢沒兩樣。

絕世美貌、白金色長髮、紫色眼瞳，以及那充滿魅力，讓人誤以為是女神的裸體，都是至今我所見過的薩沙。

要說不同的地方，就只有浮在頭上的光環和銀色肌膚，在胸口盛開的銀色薔薇，以及接近三百梅傑爾的身高。

…………………………………………

魔獸潘多拉和銀色的美少女，在慘遭神話裡的存在踐踏的大草原上對峙。

一開始，雙方手上都沒拿武器。

然而，天使吞噬者一語不發張開雙手的同時，牠背後的炎柱也有所動靜。純白火焰全被天使吞噬者的雙手吸收，形成了兩把細劍。

說實話……這已經不是魔力量多高、有多鋒利……這種次元的武器了。

米菲拉支撐住精疲力盡的我，她也察覺到這武器不對勁。

「費爾小心點，那把雙劍，一定是——」

「我知道，那雙劍重現了斬斷萬物的神之權能……就連潘多拉也會被那把武器斬斷。」

就算能斬斷，那又如何了。

銀之天使吞噬者就算使用了神之力，潘多拉依舊是那個誅殺眾神的魔獸。

「那麼——今天我們就在這，重現一次弒神。」

我逞強說道，並驅使潘多拉前進。

潘多拉劇烈地搖晃身體，前傾衝向天使吞噬者——就當我打算揮出右拳時。

一瞥之間，天使吞噬者從主觀畫面消失了。

「嗚咕——!?」

我的右側腹產生了尖銳炙熱的疼痛。這是我召喚出潘多拉以來，第一次感受到的明確痛覺。

潘多拉雖然死了，但牠巨大身軀的痛覺都還存在。而我為了操作屍體，必須將與召喚獸之間的同步率提升到最高。因此潘多拉肉體產生的痛覺，也會反映到我身上。

天使吞噬者潛入我的懷裡砍向側腹。

「嘎！好痛！」

這次是背後和大腿後側感到炙熱。

天使吞噬者用難以置信的速度繞到背後，劈砍潘多拉十片翅膀的根部。牠以流暢的動作，一鼓作氣地砍到了大腿。

光是看主觀視點根本來不及反應，於是我藉由遠景視點，試圖用粗長的分岔尾巴將天使吞噬者拘束。

牠在千鈞一髮之際逃出，並以左手的劍砍向尾巴，但青黑色的尾巴沒直接被砍成兩半，那都是多虧潘多拉體內的內骨骼，將天使吞噬者的劍接下。頓時間，薩沙的紫色眼瞳瞪大。

「可惡！我可沒聽說砍尾巴竟然是屁股會痛啊！」

這才是真正的傷敵一千，自損八百。

我將尾巴肌肉收縮，牢牢固定住天使吞噬者的左手劍，接著快速迴身從正上方劈下手刀。

剎那間——潘多拉的右手突破音速，將天使吞噬者的左肩斬斷。

這就是天使吞噬者選擇強化攻擊後的結果，牠的身體脆弱得跟玻璃工藝品沒兩樣，輕易就能破壞。天使吞噬者被斬斷的左手忽然龜裂，一轉眼就粉粹得煙消雲散，在那之後，左手也沒有再生。

天使吞噬者立即後跳拉開距離。

另一方面，我決定別讓潘多拉步行了，反正比速度根本沒勝算。我因魔力不足喘個不停，並微笑說：「不愧是終界魔獸潘多拉，竟然對神之權能有抗性。」

好了……負傷的潘多拉和負傷的天使吞噬者、我和薩沙，究竟能悶不吭聲地對視幾秒呢。

薩沙凝視著我，而我也直盯著她的美麗臉龐，我不禁碎念道：「……竟敢把這麼麻煩的任務交給我。」

接著我將視線移向天使吞噬者胸口綻放的銀色薔薇。

「起碼單就還有機會救她這點來看……已經比老爸那時好上太多了……」

銀色薔薇——薩沙就在那裡面，她一定還活著。

我有一種近乎肯定的清晰預感。

沒錯，不過就是成為「天使吞噬者的楔子」，薩沙．席德．祖爾塔尼亞是不可能會這麼死去，能與大天使同化的學院最強召喚術師，哪可能這樣就完蛋了。

不論碰上何種逆境，她都能一臉沒事地跨越過去，所以她才是最強的。

現在她肯定也在天使吞噬者內部死撐。

所以妳就再等一下吧，我馬上就去救妳——我熱切地心想。

老實說，那傢伙想不想被救，根本就無所謂。

我只是想對這個為了世界犧牲自己的笨蛋抱怨，我都還沒在學位戰上向妳復仇，休想給我贏了就跑。

我為薩沙賭上性命的理由，只要有這股從內心滿溢出來的激情就足夠了。

「……………不好意思啊，薩沙。今天輪到我對妳嘮叨了。」

這是我悠哉說出的最後一句話。

天使吞噬者以牠僅剩的一隻手，持劍刺了過來。

我以巨拳迎擊，卻無法擊中再次加速的天使吞噬者。眼前這快到肉眼無法捕捉的劍舞蹈者（Sword dancer），將潘多拉伸出的右手刺成蜂窩。

「該死!!」

我判斷不可能用拳頭直接命中牠，於是將左臂如鞭子般揮舞。

然而這麼做也無法命中，牠一個回轉跳到空中，潘多拉觸碰到的，只有她飄逸的白金髮梢。這個瞬間我就做好覺悟，要和她來場「賭命的持久戰」。

「米菲拉！打下去！其他的別管！」

我如此喊道，她便打下第三支魔力滋養劑。

我鼻子一呼吸，就流出了大量的鼻血，「嘎——嘎哈!!嘎哈!!」即使將血塊和胃液一併吐出，我仍直視前方。

主觀視點已經派不上用場了，遠景畫面也只會為兩者壓倒性的速度差而絕望。

即便如此——我仍看向前方。

就算被天使吞噬者砍掉，潘多拉依然揮動拳頭。

遠景畫面上顯示的，是終界魔獸潘多拉在雲層濃厚的陰天下，全身噴血大鬧。而銀之天使吞噬者一面以咫尺之距閃過拳擊，一面輕鬆自如地斬裂魔獸的血肉。

已經沒有招了。

我們沒有比潘多拉更強的祕密武器。

不論被砍了多少下，我都要持續揮拳，我要如同野獸一般，掙扎到最後一刻，這就是我和潘多拉所擁有的最後希望。

「米菲拉！再打一劑！」

魔力轉眼間就耗盡，我再次催促米菲拉。

「不、不行！再打下去菲爾會死掉！」

米菲拉看著鼻孔和嘴巴不斷流出鮮血的我，並緊緊將手中試管抱在懷裡，不斷搖頭拒絕我的要求。

隨後。

「都什麼時候了妳還臨陣退縮——！」

這是我第一次對米菲拉動手。我將手伸向她的胸口，硬是把試管搶了過來。

「費爾不要！求求你！」

我無視米菲拉的眼淚與制止，將附帶注射針的試管刺向脖子。

「我是召喚術師……!!哪怕是心臟停止跳動、腦袋破裂，都不會在敵人面前退縮!!」

視界左側染上一片鮮紅，我的左眼流出了黏稠的血淚。

我用力抹了抹左半臉，試圖取回視界，結果只有將血淚塗抹在臉上，左方視界依舊沒有恢復，仍是一片鮮紅。

看不到又怎樣，這算得了什麼。

反正憑我的動態視力，本來就跟不上天使吞噬者的動作。我和潘多拉就只能忍受全身肌肉內臟被切割的劇痛，並幾乎稱得上是無差別地揮舞拳頭。

「一拳!!只要打中一拳就好!!」我在心中不斷吶喊。

「管妳是薩沙還是執行者，我這可是弒神的魔獸啊！既然都打到這個地步了，我就賭上靈魂跟妳拚個勝負!!」

我振奮精神吼道，說話時仍不斷咳血。

潘多拉回轉身體使出的反手拳，將跳到空中的天使吞噬者雙腳粉碎。被砍了那麼多劍，能僥倖打中這拳也算回本了。

失去雙腳的天使吞噬者無法站立，只能緊握著劍滾落地面。

我的潘多拉……青黑色外型詭怪的魔獸仍然站著，雖然全身體無完膚，但牠仍腳踏大地，俯視著天使吞噬者。

在最後一刻，終於逆轉局勢了。

接著，潘多拉踏出步伐，準備給牠最後一擊的瞬間。

「奇——怪？」

我再也無力支撐身體，臉正面撞進潘多拉的大腦。理所當然地，細絲電（Linebolt）也無法繼續維持，潘多拉緩緩地在原地單腳跪地。

膝蓋著地的震動，響徹整個頭蓋骨內。

「喂，費爾！費爾你怎麼了！你沒事——」

本該是從耳邊傳來的西里爾呼喊聲，忽然變得越來越遠。

魔力再次枯竭了。

我硬是扭轉無法動彈的身體看向米菲拉。

「不行，絕對不行!!」

米菲拉為了保住我的小命，將最後一瓶魔力滋養劑砸碎。

……地面滿是飛散的龍血和玻璃碎片。

…………………………………………

不過——還沒結束。我還剩下「最後一絲力量」。

我奮力把手伸進魔術師服的衣襟，取出掛在脖子上的寶貝錢包，並將裡面的貨幣撒出。

裡頭只有幾張皺巴巴的紙鈔和骯髒的銅幣。

以及，我爸臨死前給我的金幣和銀幣。

「把——」

我隨便抓了一把老爸留下的金幣和銀幣，塞入自己口中。

「把力量——」

我用力回想起死去老爸的事——並用臼齒緊咬錢幣，用力到像是要把堅硬的銀幣給咬斷，接著我仰首朝天全力大喊。

「把力量借給我啊啊啊啊啊啊啊啊啊啊啊啊啊啊啊啊啊啊啊啊啊啊啊!!」

我最後仰賴的是自身的靈魂。

是在我內心深處無限燃燒的強烈意念。

這個瞬間——————理應死去的潘多拉，第一次呼應了我的想法。

嗚啊啊啊啊啊啊啊啊啊啊啊啊啊啊啊啊啊啊啊啊啊啊啊啊啊啊啊啊啊啊啊啊啊啊
啊啊啊啊啊啊啊啊啊啊啊啊啊啊啊啊啊啊啊啊啊啊啊啊啊啊啊啊啊啊啊啊!!

我沒對腦神經施展電擊魔法，牠單膝著地，和我一樣仰首朝天，發出足以響徹全世界的雄壯咆哮。

——

天使吞噬者不顧雙腳已毀，硬是跳起從正上方襲擊潘多拉。

她將高舉的劍揮下。

「潘多拉啊啊啊啊啊啊啊啊啊啊啊啊啊啊啊啊啊啊啊啊啊啊啊啊啊啊啊啊啊啊!!」

只有現在這個剎那，我和潘多拉，遠比天使吞噬者還要自由。

潘多拉忽然展開了十片翅膀。

無力垂下的右手，以超越天使吞噬者的速度伸向天空。

——!!

牠那手指張開，看似是在尋求某種東西的右手，貫穿了天使吞噬者胸口綻放的銀色薔薇。

潘多拉右手貫穿天使吞噬者胸口的同時——天空露出了蔚藍的真面目。

貫穿天使吞噬者仍不足以平息的衝擊力，將大草原、拉達馬庫，甚至是遙遠山脈

上空的厚重雪雲全都轟飛了。

……………………………………………………………………………………

……………………………………………………………………………………

好耀眼……天使吞噬者化為塵埃，被風吹散，消失在光芒四射的世界。

……………………………………………………………………………………

下一刻，潘多拉的巨體失去力氣，再次跪倒在大草原上。

方才響徹全世界的吼叫像是騙人似的，牠又變回了靜悄悄的巨大死屍。

就在這時。

「費爾！費爾!!成功了——我們成功了！打倒天使吞噬者了！」

西里爾興奮不已，他和乘坐的大怪鳥一同飛入潘多拉的頭蓋骨內。

卻見到米菲拉哭喊道：「費爾、費爾你不要死——」

…………我還活著好嗎，別擅自把我當死人。

用盡所有力氣臥倒在地的我，聽著米菲拉的可愛聲音如此心想。

最後，我吐出滿是口水的金幣銀幣。

「看到沒，老爸……媽媽……」

我微微抬起頭來，望向主觀視點的畫面。

畫面上映出的，是潘多拉放在草原上的巨大右手……張開的掌心上，放著潘多拉從天使吞噬者胸口奪回的「核心」——與薩沙合體的六翼大天使，緩緩抬起身子。

她愣愣地環視這個陽光燦爛的明媚世界。

最後，她用著難以置信自己還活著的表情，抬頭看向潘多拉的臉。

「我……還活在這……終於、救到了……」

22. 召喚術師，比起億萬讚賞

「等——等一下西里爾！我的屁股跟大腿！屁股還在抽筋！」

屁股和大腿突然產生劇痛，令我不禁大叫。

西里爾扶著我的腰，嘆氣說道：「我看還是算了吧，你的身體本來是沒辦法下床行動的耶？」

但我依然不願放棄。

我抓著西里爾身穿的軍服，慢慢將身子放低，試圖跪在柔軟的地毯上。

「我的手還能動，只要抓著西里爾，拖著單腳走路——米菲拉！不要戳我的背！我現在可是跟剛羽化的蟬一樣軟爛啊!?」

「費爾的肌肉，軟綿綿的跟史萊姆一樣。」

「妳這不是廢話！我全身肌肉纖維都變得破破爛爛了好嗎！」

我左膝靠在地毯上，雙手巴著西里爾的褲子不放。

我的身體完全無法使力，不可能獨自維持單膝跪地的姿勢。

我戰戰兢兢地嘗試將雙手從西里爾褲子上鬆開，卻又差點倒下，看來只能暫時巴著西里爾的褲子了。

「話雖如此，就龍血攝取過量而言，這點代價已經算是輕了，你可要好好感謝米菲拉。」

「我──好險、我當然明白，但結果要一個月才能完全治好，自然會有各種怨言。短時間內，我一個人洗澡都做不到。」

「所以我才幫忙照顧你啊？」

「真的、真的是感激不盡。」

「西里爾，我也要幫忙費爾洗澡。」

「真可惜，法律明文規定，得年滿二十歲才能照護異性入浴。」

「而且給妳洗感覺會洗不乾淨。」

「唔～～～」

自貿易都市拉達馬庫的召喚祭上出現銀之天使吞噬者──已經過了五天。

我身上穿著學院指定的魔術師服，不過實際上，衣服底下全都纏滿繃帶。

這是米菲拉特製魔力滋養劑使用過度的副作用。

魔力衰竭後硬是靠龍血補回魔力──在短時間內不斷亂來的結果，就是人體負責儲存魔力的肌肉超越負荷。我的全身上下發生了細微的內出血和肌肉撕裂，若沒纏緊繃帶，可能根本無法維持人形。

唯一還有精神的大概只剩脖子以上的部分了。

「……即使是陛下，見到費爾你這模樣大概也只能苦笑了。」

「怎麼像塊破抹布是吧？實際上真的就跟破抹布沒兩樣啊，現在只有一隻腳能動，光走路就折騰個半死。」

另外，我的左眼被紗布製的眼罩覆蓋著，至今左眼還沒恢復視力。

——傷勢慘不忍睹的患者。

——怎麼看都是得躺在床上靜養的重度傷者。

這樣的我，正位於「席德王國」的王宮——的其中一個客房……我為了覲見席德國王齊格菲．席德．祖爾塔尼亞，正在練習打招呼的禮儀中。

「這樣就夠了吧，費爾。確實在陛下面前『單膝跪地』是基本禮儀，但凡事沒有絕對，只要事先聲明，就算站著應該也沒問題喔？」

「……沒辦法了，在這拖那麼久反而更失禮。」

我嘲笑完至今仍無法自行單膝跪地的自己，西里爾就馬上過來，扶住我的背部和膝蓋後側，輕易將我抱起，還是用公主抱。他將我抱到皮革製的長椅上。

「陛下是知道你的身體狀況才傳喚你的，大家都很擔心你的身體狀況，比起禮儀什麼的，重點還是在有實質意義的對話。」

我的屁股整個陷進長椅上的軟墊，靠墊紮紮實實地支撐住我的體重，終於能鬆一口氣。

「唉……」

我咳聲嘆氣，轉頭環顧寬敞的客房。

高高的天花板，陽光從沒有一絲汙濁的剔透落地窗，照進潔白牆壁的房間。

優美、但並非華美。牆壁和柱子上雕刻著種種花紋，卻不可思議地沒有奢華的印象，反而能令人靜下心來欣賞裝潢。

室內的圓桌、椅子、鋼琴，都選擇了相當沉穩的顏色。最華麗的，大概只有放在窗邊的花瓶裡，綻放的一朵冬季花朵。

「要是他對潘多拉的事問東問西的，我也很傷腦筋啊……」

我不經意碎念著，翹腳坐在單人椅上的西里爾聽了便回覆我。此時他坐的老舊椅子咯吱作響。

「陛下也是和龍締結契約的召喚術師，應該不會問些不識趣的話。」

「話是這麼說啦，就不能隨便讚許我破壞天使吞噬者的事，然後就結束閃人嗎？」

「這個嘛——嗯，應該是沒辦法吧。」

「也不知道他會問些什麼，或對我說什麼話，光想胃就開始痛起來了。」

此時，米菲拉「砰」的一聲坐在我旁邊。「盯——…………」她死盯著我的臉看，最後說中了我的心事。

「明明敢跟公主說話，跟她的父親說話就會緊張？」

我聽了只能苦笑。

「誰叫傳喚狀上面的簽名可是加上了君王稱號。他不是以薩沙父親的身分，而是以國王的身分接見我這個臣民，會不安才是正常的吧。」

「想太多。」

「費爾他看似亂來，但還是懂得分清楚時間和場合啦。」

「哼，隨你們說吧。」

我看向落地窗，緩和鬱悶的心情，可從落地窗進出的露臺彼端，能看到美麗的藍天。

強風吹拂，雲朵快速流動。

此時——

此時，在拉達馬庫，大夥正忙著收拾被我的潘多拉踩扁的大市場和住宅區。

在我的打工地點「大眾酒館．馬涎亭」裡，老大或許因為少了一名打工仔而忙到發飆，而伊莉莎小姐則在安撫他。

在我的潘多拉和天使吞噬者交戰的那場大事件中。

根據傳聞，分明是兩隻神話中的存在大鬧，死傷者卻異常地少，甚至有人說這是

「拉達馬庫的奇蹟」。

犧牲者，只有最開始被天使吞噬者吸收的數名召喚術師……甚至有人謠傳，一般民眾的死傷可能是零，至少目前是這樣。

我和西里爾，都覺得不可能會有這種奇蹟發生。我們想有很高機率，是貿易都市的市民和學院的召喚術師們，為了體恤我們才編出這種謊言……但如果這是真的，也不枉費那天，我在潘多拉裡頭祈禱「任何人都不要死」。

話說回來——造成這起事件的伯恩哈特·哈德切赫，消失在天使吞噬者體內，所以這責任，就落在他老家哈德切赫家上。

不過嘛，這些都是大人該去煩惱的事，我們學生也不太清楚詳情。我猜想，他們家的領地和財產八成會被充公，拿來當作復興拉達馬庫的資金。

但這些都不重要。

魔獸潘多拉守護了我們的世界，而且大家也慢慢恢復以往的生活。

現階段面臨窘境的，大概也只有被國王傳喚的我們而已。

「如果國王陛下問到最後一擊的事，你打算怎麼回答？」

「……有什麼問題嗎？」

「潘多拉咆哮後，將天使吞噬者打穿的那一擊，費爾你說當時沒發動細絲電（Linebolt）對吧？」

「是啊。」

「從外頭觀戰也覺得那個非比尋常，和天使吞噬者的戰鬥，王國陛下應該靠召喚師部隊施展的遠視魔法看到了。我猜八成會被問到喔？到頭來，潘多拉其實還活著嗎？」

「……誰知道，我想應該是死透了。」

「那為什麼──你總不會打算堅稱那是神蹟之類的吧？」

「那還用說，要是靠那麼方便的藉口推託，那可是有損學院生的名聲啊。」

「哦……看你的表情，應該是想到理由了？」

「我和米菲拉各自思索理由，最後都提出了相同的假設，我想應該八九不離十喔？」

「大概是『表裡合一』。」

「表裡合一？對啊，米菲拉──」

「話雖如此，應該不是做得像薩沙和大天使那樣完美。如果不是因為我當時也奄奄一息了，才會正好跟潘多拉的屍體同調……就是單腳踏進棺材，已經進了那個世界的潘多拉才會趕來幫助我。沒有確切答案才是最傷腦筋的。」

距離觀見還有一段時間。

剛才為西里爾和米菲拉送上輕食紅茶的僕人們已經離開，現在這個寬敞優美的客房裡，只剩下我們三人的對話聲。

忽然——叩、叩、叩、叩。

雕有花紋的門上，傳來了優雅的敲門聲，所有人視線理所當然地轉到門上。

「失禮了。」

「我們的主人想和各位打聲招呼。」

敲門後過了一段時間，兩名年輕的宮廷僕役畢恭畢敬地進入房裡。身穿黑白女僕長裙的她們——正是與薩沙・席德・祖爾塔尼亞組隊的兩名少女——理所當然地，站在她們身後的「高貴之人」就只有可能是那個人。

我馬上小聲向西里爾確認狀況。

「為什麼是薩沙跑來打招呼？」

「誰知道，她可能是來看看你的狀況吧？」

下個瞬間，出現在我面前，正是睽違五日的「席德王國」第三王女的美貌。

白金色長髮和紫色眼瞳。

她身穿施加金線刺繡的藍色露肩禮服，長裙的輪廓雖被撐開，腰部以上卻是十分貼合薩沙的身體，就連乳房的形狀也一覽無遺。

……她還是這麼漂亮。

面對王族氣場全開的薩沙，我只能露出苦笑說「抱歉，西里爾」、「真是的，你這人就是在奇怪的地方正經」，我向西里爾借肩膀靠，試圖站起身來。

「痛痛痛痛痛——」

「你又沒力氣站起來，乖乖坐著不就好了。」

最後甚至連米菲拉也來幫忙，我才總算是站在第三王女薩沙・席德・祖爾塔尼亞和兩名隨從少女的面前。

……………

六名召喚術師面面相覷、一語不發。

然而沉默僅有一瞬，薩沙立刻向我展示帶有王族風範的問候。

「歡迎來到我父王的城堡，我誠心恭候各位的到來，拉達馬庫的學生們。」

她雙手提起長裙下襬，左腳向斜後方收，微微低頭但沒有屈膝。

接著兩名隨從少女行了同樣的禮節，但膝蓋深深下彎，似是為了代替不會向平民示弱的公主屈膝。

光是一個行禮就如此華麗。

反觀我，「打擾了」只能做到點頭示意而已。說來難為情，但這麼失禮的招呼，已經是我能做到的極限了。

「你可是看到了難得的東西啊，費爾。剛才那個，是臣民能接受的最上等行禮。」

西里爾解釋道。

「這樣啊，我這農夫的兒子也算是出人頭地了。」

但我實在無法發自內心地喜悅。

因為薩沙緊蹙眉頭，露出嚴肅的神情看著我們。西里爾和米菲拉將我送回長椅的中途，我一直心想「到底怎麼了……？」最後她才忍不住，對我發出怨言。

「請你不要帶著水壺來到王宮，費爾．弗納夫。」

薩沙看的並不是我們——而是我放在長椅上的皮革製水壺。看來是她發現我拒絕接受王宮的服務，只喝自己帶來的水。

「你這個人真是……」

薩沙似是感到傻眼，深深嘆了一口氣。

而我見狀則心驚膽顫……看來又要被說教了。

或許是薩沙察覺到我的想法，呵呵地露出微笑，讓我霎時間驚呆了。

「你看起來沒事就好。」

「妳也是啊，妳說要向父親說明，結果整整五天都沒回來。」

「宮廷醫師們硬是不准我回去，雖然我說不要緊，但他們還是仔細檢查了一遍，明天我就能回拉達馬庫了。」

「那就好，我也得努力早日恢復啊。」

「…………」

薩沙對兩名隨從少女說：「米蕾耶、多蘿西亞，剩下的我一個人來就好。」命令她們退下，兩人沒說什麼，深深行了一鞠躬後，便走出房間。

「西里爾，我想去洗手間，陪我。」

「畢竟王宮很容易迷路嘛。」

兩名少女離開後，西里爾和米菲拉突然說起這種話，並走出房間。

「廁所一出房間不就到了。」

「費爾你不知道嗎？這座城堡裡，可是有個世界第一美麗的洗手間，名叫『蒼之間』呢。」

薩沙對著兩人的背影道「謝謝」，西里爾則微微舉起單手示意。

——砰的一聲，房門關了起來。

轉眼間，寬廣的房間內只剩下我和薩沙獨處。

「……………」

我實在難以理解當前的狀況，只能將身體埋進皮革製的長椅，一語不發地抬眼看著薩沙。

……………………

接下來十幾秒內，房間靜到能聽見彼此的呼吸聲和衣服摩擦聲。

啊——就在我打算開口時，薩沙突然向我跪下。

「勇者，請容我向你獻上發自內心的感謝。」

沒錯，那個絕不可能對庶民屈膝的「席德王國」第三王女薩沙・席德・祖爾塔尼亞，竟然跪在地毯上。

她雙腳屈膝，雙手按在胸前……看起來像是對神明獻上祈禱。

「這不光是以席德王女薩沙・席德・祖爾塔尼亞的身分向你致謝。身為一個召喚術師，我為你感到驕傲。」

「啥——？」

「謝謝你，召喚術師費爾・弗納夫，戰勝神話之人。」

薩沙如寶石般的紫色眼瞳，心無旁騖地直視著我。

「在此為費爾・弗納夫的前程獻上席德的祝福。正因為召喚出潘多拉的人是你，你才會到最後一刻都沒有放棄……你拯救了世界、拉達馬庫，還有我。」

我說不出話來。

自豪、感激、害臊、承受不起、看到世界第一美麗事物的感動、無法將此般殊榮告知老爸和媽媽的憤怒。

無數感情湧上心頭，令我霎時無法出聲……

「多謝。」

我碎念道，「——哈、」隨後不知為何笑了一聲。

「誰才是勇者啊，說到亂來妳也不遑多讓啊。」

我和薩沙對上眼神說道。

「是薩沙妳造就了能殺掉天使吞噬者的狀況。正因為薩沙和大天使合體，讓天使吞噬者取回了原本的型態——潘多拉才能打倒它。」

我想我現在，應該和薩沙露出了相同的表情。

那是拚盡全力之人會展露的平穩笑容。

也是跨越末日，得以迎接今天之人安心的微笑。

我和薩沙讚許彼此，溫柔地微笑著。

「我只是盡量做好自己能做的事情罷了。」

「即使如此，我還是想回報你的偉業。」

薩沙站起身來，坐到我的身旁。我們距離近到稍微動彈，就會碰到彼此的肩膀。

薩沙閃閃發亮的長髮，和珍珠般潔白的肌膚，飄散出有如薔薇的甜美香氣。

「我應該給你什麼東西做為獎賞呢？」

「給我漫畫吧。」

「咦？」

薩沙或許沒想到我會回答得如此快速，她用驚訝的神情看著我。

我側眼瞥向薩沙說道。

「之前妳說要借我那個賣藥少女的戀愛漫畫，那是妳推薦的漫畫對吧？」

「……你平時並不會看漫畫吧？」

「我現在每天都只能躺在床上啊，所以想趁這難得的機會看看。」

「…………」

「主角的名字是叫阿卡莎對吧？而且莉芙里茲老師畫得也很漂亮。」

「……我明白了。不過你身受重傷，應該不方便看吧，目前出到第十五集，我會陪在你身邊幫你翻頁。」

薩沙突然說出了如此奇怪的話，我不禁聲調提高八度拒絕道。

「不、不必了，妳只要把漫畫借我就──」

然而下一瞬間，薩沙將手伸過來，身體難以動彈的我只能任由她擺布。

「等──好痛、不要碰啊笨蛋，竟然做這種米菲拉才會幹的事。」

她對我的身體摸來摸去的，像是在確認傷勢的程度。

「這是……原來如此……使用恢復魔法犧牲了不少免疫力，加上身體疲勞，也使得免疫力下降了。」

「對啦！現在提升再生能力，相對的免疫力低到感冒就能要了我的命！所以我只好拚命睡覺來療傷啦！」

不論我怎麼喊，薩沙那美麗的手指就是不放開我，砰的一聲──我們倆因為她的惡作劇，一起倒在長椅的墊子上。

這與其說是薩沙推倒我，不如說是薩沙重心不穩倒下，而我無法將她撐好還比較正確。

…………

我一張眼，就看見薩沙靠在我腹部，看著我的臉。

我的視界，滿滿都被絕世美貌和白金髮型形成的簾幕所占據。

她的食指，伸向我尚未恢復視力的左眼——她摸了摸紗布製的眼帶。

「…………？」

還以為她是想揉我的眼球，但似乎不是如此。

…………

最終，她用著不知該說是微笑，還是困窘的奇妙神情說道。

「那時候……世界的命運，都託付在你一個人身上呢。」

我聽完嘆了口氣，閉上眼睛……沒多久，再次和薩沙對視，清楚地對她說道。

「還有西里爾和米菲拉呢。」

薩沙訝異地咦了一聲，我繼續說了下去。

「妳這可是大錯特錯，薩沙。成為我的眼睛，不斷在外頭傳送潘多拉和天使吞噬者對幹畫面給我的，可是西里爾啊。」

「費爾——」

「如果沒有米菲拉的藥和支援，我根本沒辦法戰鬥到最後一刻。」

薩沙理解了我的想法，表情逐漸開朗，我看了也咧嘴展露笑容，最後甚至連犬齒都露出了。

「憑我一個學生的力量，哪有可能拯救世界。」

而薩沙也是。

「……真的，是一支好隊伍呢。」

這一瞬，薩沙也展露出最棒的笑容。

沒有任何憂愁和後悔，溫柔的——發自內心的笑容。

「還早呢，接下來，我們還會變得更強……！」

薩沙似乎察覺我想要站起身來，於是離開我的腹部，一語不發地把手和肩膀借我靠。

沒想到她的力氣大到能將我撐起來。

「這樣會傷到身體喔？」

「少說蠢話了，這對鄉下長大的算不了什麼。」

我們倆貼著身體、一步一步地走向客房的落地窗。

薩沙打開了通往露臺的落地窗，一陣冷風吹了進來。

「真是壯觀，整個王都一覽無遺啊。」

「你應該感到自豪，費爾・弗納夫。這個景色，也是你們守護的其中一樣事物。」

我踏進半圓形的寬敞露臺，鳥瞰這個以「白色街道」聞名的「席德王都」。

這個壯觀的王宮，座落在平原之中，是將小山移走後建成的。我們所在的客房，處於王宮的最上層。扶手的另一頭，就是數百萬人生活的白壁街道。

裙襬、魔術師服的下襬，在風中搖曳。

只留下幾片積雲的深藍色天空，在地平線與大地聯繫著——我和薩沙站在一起，欣賞天空的藍、大地的白。

本來是為了呼吸外頭空氣才走到露臺，我卻被眼前的絕景震撼到忘了呼吸。

「你能夠好好和父王說話嗎？」

薩沙忽然問道，我露出苦笑回歸現實。

「反正我每次都是走一步算一步，跟薩沙相比，這還算小意思。」

「什麼意思？」

「跟妳在學位戰對上時還來得更緊張，所以妳別操心。」

薩沙聽了我的話，似乎回想起五天前的事。不知她是想起數名成了犧牲者的召喚術師，還是我們未能達成的約定，她突然感傷地說道：

「最後召喚祭中止了，真是可惜……」

我沒有配合她的感傷，露出了一如往常的邪笑。

「妳繼續在頂點等著我吧，我很快就追上了。」

薩沙看著我。

我也看著她。

「你又在打什麼主意？」

薩沙的美麗臉龐帶了一絲笑意，看起來就像幫忙別人惡作劇的孩童。

我面向前方說道：「等身體治好，要做的事可多了。」

我緩緩舉起比五天前來得恢復不少的右手，伸向遙遠的地平線。

「不過是打倒一個天使吞噬者，我才不會停下腳步。」

美麗的藍天和王都的潔白。

多麼清爽的冬天。

我只想趕快觀見完國王，看看這城鎮、那個地平線的彼端。

要是這麼說，薩沙不知道是會生氣，還是會傻眼笑我呢。

「不愧是潘多拉的召喚術師，確實有著與弒神魔獸相符的骨氣。」

「搭檔死掉了，我不振作點怎麼行。」

「……我好像，稍微能夠理解……為什麼你的潘多拉，會是以屍體的形式召喚出來。」

「為什麼？」

「也許，是牠死前的眷戀——不，應該說是『潘多拉最後的願望』，成為了與你結緣的理由也說不定。所以，潘多拉在懷抱著這個願望的瞬間，來到了你的身邊。」

薩沙的話語中，似乎沒有別意，也沒什麼道理可言。不過這樣的胡話，說不定就是正確答案。

「哈哈哈！好啊——！」

我用著自己也覺得不可思議的沉穩聲調，說出接下來的話。

「人活在世上，本來就會背負越來越多東西。媽媽的事、老爸的事，現在就算追加了一個潘多拉，我的生活方式也不會有所改變。」

「真是的……這話，還真是有費爾．弗納夫的風格。」

「我一直都是這樣。我只懂得為『被託付的東西』痛苦掙扎，拚命活下去而已。」

頃刻之間，風再次吹起。

我沒有因風或太陽瞇上眼，只任憑風吹拂我的魔術師服，吐出白色氣息。為了將今天成為全新的開始，我下定決心說道。

「我的召喚獸死了——所以，我要努力到最後一刻。」

母親在我年幼時去世，父親也亡故，就算召喚獸搭檔也死了，我依然活在這世界上。

我深深呼氣、把氣吐出，思考著未來會發生什麼事，我又該做些什麼。

我的一生，才剛開始而已。

要做的事、想做的事堆積如山——這個世界就在我的眼前，無邊無際。

看來我以召喚術師身分衣錦還鄉，還會是很久以後的事。

後記

各位讀者大家好，我是樂山。

本書《我的召喚獸已經，死了》，是因每天被工作追著跑的作者，「想在超大的異世界旅行，想要一個超大的怪物做搭檔」的這個願望而誕生的。

主角的搭檔應該選龍？

不不不，應該挑巨狼才對。

以大海為舞臺，讓召喚術師控制魚類，好像也別出心裁。

在我如此為了主角費爾・弗納夫召喚出的怪物所苦惱，有這麼一天——做為故事主軸的主角，他的搭檔，突然死掉了。

主角的召喚獸，是世界最強魔獸的屍體。

這個故事，就在我這麼靈光一閃下展開，剩下的事，「明天的我」肯定會想到法子——就這麼走一步算一步的結果，就成為了好友三人組的鬧劇，再搭配學園戰鬥要素，最後以「那樣的形式」做出了結。

最終，本書是以我在第6回 KAKUYOMU WEB 小說大賽，異世界奇幻部門特別賞的作品潤飾修改而成，也多虧責任編輯大人多給了我頁數，我才能加上全新的後記故事。

我試著寫出輕鬆爽朗的一幕，來貼合激戰後日談的印象，不知大家還滿意嗎？

接下來，後記也有稍微提到，主角眼前，有著無邊無際、繽紛眩目的世界在等著他。

下一場冒險，是要去探索三千年前失去蹤影的聖女？

要攻略沉睡在某座城堡地下的「有生命的大迷宮」？

和他國召喚術師養成學校的交流戰，好像也挺令人興奮的。

…………

我之所以能這麼走一步算一步創作至今，不過也多虧我秉持著——剩下的事，「明天的我」應該會想到法子才對——的精神，也就是所謂的船到橋頭自然直。

說到明天、也就是未來的事，春天起，《我的召喚獸已經，死了》將在雜誌電擊魔王做漫畫連載。將會由漫畫家根菜貓老師，描繪出年輕召喚術師們的故事，敬請大家期待，我也等不及想早點看到了。

最後，我要感謝與本書發行相關的所有人士。

負責插畫的深遊老師，感謝您不光是畫出角色，就連各個細節，都鉅細靡遺地描繪出來。就連「無分善惡才稱得上是召喚術師」這個故事設定，也表現在「天使與惡魔之翼」造型的校徽上，我看到時真的是發自內心感到震撼。

責任編輯大人，感謝您提議追加新劇情和改寫後記，我才能寫出讀者們真正想看的故事。

以及買下本書的各位讀者們，《我的召喚獸已經，死了》這個故事，是以「華麗又開心的異世界奇幻故事!!」為主旨創作而成。如果能讓您好好享受到費爾・弗納夫他們所在的這個世界，那麼我也會感到十分開心。

為了有一天能夠再和大家見面，我會繼續趁著每天空閒，一點一滴地創作。

我的召喚獸已經，
死了

浮文字
我的召喚獸已經，死了
（原名：俺の召喚獣、死んでる）

著者／樂山　繪者／深遊　譯者／蔡柏頤
執行長／陳君平　美術總監／沙雲佩　國際版權／黃令歡、高子甯
榮譽發行人／黃鎮隆　美術編輯／陳又荻　內文排版／謝青秀
協理／洪琇菁　執行編輯／石書豪
總編輯／呂尚燁　文字校對／施亞蒨

出版／城邦文化事業股份有限公司 尖端出版
台北市中山區民生東路二段一四一號十樓
電話：（〇二）二五〇〇—七六〇〇
傳真：（〇二）二五〇〇—二六八三
E-mail: 7novels@mail2.spp.com.tw
發行／英屬蓋曼群島商家庭傳媒股份有限公司城邦分公司 尖端出版
台北市中山區民生東路二段一四一號十樓
電話：（〇二）二五〇〇—七六〇〇（代表號）
傳真：（〇二）二五〇〇—一九七九
中彰投以北經銷／楨彥有限公司（含宜花東）
電話：（〇二）八九一九—三三六九
傳真：（〇二）八九一四—五五二四
雲嘉以南／智豐圖書有限公司
（嘉義公司）電話：（〇五）二三三—三八五二
傳真：（〇五）二三三—三八六三
（高雄公司）電話：（〇七）三七三—〇〇七九
傳真：（〇七）三七三—〇〇八七
香港經銷／一代匯集
香港九龍旺角塘尾道六十四號龍駒企業大廈十樓 B&D室
電話：（八五二）二七八三—八一〇二
傳真：（八五二）二五八二—一五二九
新馬經銷／城邦（馬新）出版集團 Cite（M）Sdn. Bhd.
E-mail: cite@cite.com.my
法律顧問／王子文律師 元禾法律事務所
台北市羅斯福路三段三十七號十五樓
二〇二三年十月一版一刷

國家圖書館出版品預行編目資料

我的召喚獸已經，死了 / 樂山作 ; 蔡柏頤譯 . -- 一版 . -- 臺北市 : 城邦文化事業股份有限公司尖端出版 : 英屬蓋曼群島商家庭傳媒股份有限公司城邦分公司尖端出版發行 , 2023.10
面 ; 公分
譯自 : **俺の召喚獣、死んでる**
ISBN 978-626-356-978-2 (平裝)

861.57 112011739